내일은
컬러풀

더 아름다운 빛으로 반짝일 '나'를 위해

내일은 컬러풀

글·그림 나림비

모모북스

추천의 글

매일 밤 9시 뉴스 10분 전, 원고 쓰던 노트북을 들고 허겁지겁 스튜디오로 뛰어 들어가면 발소리도 내지 않고 다가와 마이크를 달아주고 옷매무새를 만져주는 사람이 있다.
시청자와 대화할 '내용'에 오롯이 집중할 수 있는 건 시청자들과 만날 '모습'을 전적으로 책임져주는 사람 덕분이다. 프랑스의 한 사상가는 자존감을 위해 타인이 아닌 자신에게 스스로를 던지라고 했다는데, 나림비는 타인에게 자신을 던져 존중을 받는다.
TV 화면에 1초 동안 스치는 1cm의 완벽을 위해 오늘도 바느질을 하고, 단추를 옮겨 단다. 그 알록달록한 인내와 정성이 이 책에 고스란히 담겨 있다.

_KBS 《뉴스9》 앵커 **이소정**

살다 보면 따뜻한 사람을 만나게 된다. 따뜻한 사람과 마주하면 나도 여유가 생기고 따뜻해진다. 나림비는 내게 그런 사람이다. 그녀의 글을 읽으며 이제야 그 이유를 알았다. 그녀는 숨 쉬지 않는 것에 생명을 불어넣는 사람이다. 옷에 신발에 손수건에 그녀가 매일 사용하는 줄자에도 생명을 부여하고 대화한다. 색깔마다 무늬마다 다른 의미를 부여하며 숨소리를 듣는다. 오늘 입은 내 옷과 신발을, 손에 든 가방을 다시 바라보게 된다. 이들이 살아있고 내게 말 걸고 있다는 걸 오늘에야 알았다. 스타일리스트 나림비의 글이 준 선물이다. 그녀에게 다시 따뜻한 위로를 얻는다.

_카이스트 문술미래전략대학원장 **정재민**

'그때 그러길 잘했어' 날과 '그때 그러지 않았으면 좋았을걸' 날을 셈해 보니 '그때 그러지 않았으면 좋았을걸' 날이 훨씬 많다. 하지만 나림비의 글은 나를 토닥인다. 그래도 너만의 스타일로 살았으니 잘 살았다고. 그래도 괜찮다고.

_『용기 충전소』 저자 **선시야**

인간은 지구상에서 가장 다양한 색깔을 인지할 수 있는 생명체라고 한다. 동시에 인간은 세상을 실제보다 낮은 채도로 보곤 한다. 새벽 하늘빛, 퇴근길 노을, 깊은 밤하늘의 짙푸름을 우리는 자주 지나친다.
나림비는 사람들이 간과하는 세상의 색상을 소중하게 관찰한다. 그래서 나림비의 의상실에 방문하는 시간은, 내가 잊고 있었던 컬러 감각을 되살리는 때이기도 하다. 인간만이 아는 색채의 세상을 전문가의 언어로 이해하는 기회가 이 책에 담겨 있다.

_KBS《대화의 희열2》 기자 **신지혜**

나림비는 활기차다. 밝은 음성으로 주위를 북돋고 용기를 준다. 나림비는 호기심이 많다. 궁금한 건 반드시 물어봐야 하고 모르는 건 배워야 직성이 풀린다. 어린아이의 눈빛으로 세상을 바라보는 사람이다. 나림비는 감수성이 풍부하다. 초록빛 싹이 움트는 봄을 설레는 마음으로 지켜보고, 귀청 터져라 우는 여름 매미의 짧은 생을 안타까워하고, 울긋

불긋 가을 빛깔을 캔버스에 옮기어 추심을 달래며, 추운 겨울날이면 목화꽃다발을 만들어 차가운 공기를 잊으려 한다. 나림비의 옷이 아닌, 글을 읽게 되니 감회가 새롭다. 섬세하고 날카로운 감각을 선보이는 그녀가 마련해준 옷을 입을 때마다 항상 용기와 자신감이 샘솟는 것을 경험해왔는데, 이 책을 통해서 많은 사람들이 힘을 얻고 자신의 인생을 멋지게 스타일링하게 된다면 참 좋겠다.

_KBS《특파원 보고 세계는 지금》 아나운서 **윤수영**

인생을 스타일링 해보고픈 이들은 이 책을 펼쳐라! 우리가 일상에서 무수히 눈에 담는 색과 사물의 특징을 잡아 작가의 상상력 넘치는 시선과 따뜻한 마음, 경륜으로 멋지게 풀어낸다. 세상 속 중심에 서 있는 나 또는 타인을 위한 인생 필독서.

_KBS《뉴스9》 기상캐스터 **강아랑**

나림비는 '선'에 엄격했다. 작업복, 이른바 방송용 의상을 입었을 때 어깨높이가 다른 것을 참지 못했고 삐뚤고 구겨진 걸 보지 못했다. 바지를 입으면 주름이 진다고 앉지 말라고 했다. 셔츠는 뒤에서 당겨 구김 없이 만들었다. 넥타이 매듭은 좌우가 대칭되어야 한다. 그래서 단단하고 빡빡했다. 방송 직전 급하게 몸을 움직이면 옷이 구겨진다고 지청구를 들었다. 잔소리가 귀찮고 듣기 싫었지만 내 모습이 나온 화면을 보면 참을 수밖에 없었다.

신언서판身言書判. 중국 당나라 시절 관리를 등용할 때 인물 평가의 기준으로 삼았던 몸, 말씨, 글씨, 판단 네 가지를 이르는 말이다. 이 가운데 신身이 처음이다. 사람을 만났을 때 가장 먼저 접하는 정보이기 때문이다. 신身은 연예인 수준의 잘생김을 뜻하는 건 아니다. 설명에는 체모풍위體貌豐偉, 신체와 용모가 넉넉하고 훌륭해야 한다고 나와 있다.

'신'이라는 글자에 한 획을 더하면 '선'이 된다. 나림비의 '선'은 '신언서판'의 '신'에 '반듯한'이란 점 하나를 더했다. 나는 그걸 '고집'으로 생각하지만 실상은 전문가의 '고견'이다. 이런저런 '고집' 아니니, '고견'을 모은 책이 나왔다. 더 늙기 전에 나와 다행이다. 더 늦었으면 내 잔소리를 들었을 거다.

_KBS 《뉴스9》 LA 특파원 **이영현**

아무도 가르쳐 주지 않았지만

수학, 영어, 과학은 학교 가면 배울 수 있고 요리는 요리 학원에서 운전면허도 운전 학원 가면 면허증을 취득할 수 있다. 하지만 우리는 태어나는 순간 세상을 어떻게 살아야 하는지 대해 배우지도 못한 채 주민 등록 번호 하나 받고 세상에 덩그러니 보내진다. 그 속에서 알게 모르게 부딪쳐가며 어떤 식으로든 배워가고 있었던 것이다.

지금 돌이켜보면 내 인생은 거센 파도보다는 잔잔한 파도들이 자주 찾아왔던 것 같다. 그 파도에 의한 파장을 견뎌내면서 세상은 왜 나를 적대적으로 대하는지, 쌓여가는 부정적인 생각과 가슴 속 화를 다루기 위해 그때의 감정을 몇 자씩 적어 둔 종이가 일기처럼 모아졌다.

글솜씨가 탁월하지도 않았고 단어 구사도 훌륭하지 않

았다. 정말 그날 그때의 감정을 적어놓았다는 것을 알 수 있었다. 부정적인 그 글을 다시 꺼내 보며 오히려 나를 반성할 수 있는 시간이 되었다. 세상이 나를 적대적으로 대한 것이 아니라 세상과 타협을 할 줄 몰라서 나 스스로 갇혀 지냈다는 것을 말이다.

많이 힘들었겠구나. 위로해주는 사람도, 가르쳐주는 사람도 없이 혼자 배우고 견디느라고 정말 수고했어. 여우가 아닌 곰으로 태어났지만 잘 살아줬고 잘 살아갈 수 있을 거야!

완벽하려고 하지 마.

실수해도 괜찮아.

처음 살아보는 인생이니까, 괜찮아.

부정적인 마음 한가득 적힌 종이를 태우면서 오늘부터 긍정적인 시각으로 바라보는 눈을 가져보겠다며 마음을 다독였다.

다른 사람이 느끼지 못하는 나만 알고 있는 상처를 겪으면서 힘들었던 시기 그리고 잘 견뎌낸 이야기를 짧은 글로 표현해보고 싶었다. 하지만, 글재주가 부족하다는 생각에 풀어내기 어려웠고 점점 세월이 흐르면서 얼굴에 주름이 늘어가는 나를 보며 알게 되었다.

나의 인생을 스타일링 할 수 있도록 긍정적 관점에서 부족하면 부족한 대로 적어보자. 완벽하지 않은 세상에 완벽하지 않은 사람들이 모여 살고 있으니 불안할 수밖에 없다. 그 불안을 끌어안고 있으면 마음의 병이 되지만 그 불안함을 털어내면 오늘 하루 잘 산 게 아닐까?

나의 메모장은 오늘도 채워가는 중이다.

2021년, 나림비

차례

1장

무지개빛 인생을 걷다

2장

마음이 물들다

3장

색과 색이 만날 때

4장

세상에서 가장 따뜻한 색

5장

내 일은 컬러풀

1장

무지갯빛 인생을 걷다

인생이 구겨졌다.
스프레이로 칙칙 뿌리고
다리미로 쭉쭉 다려서
다시 시작하고 싶다.

하지만,
구겨진 인생도 내 것이다.
좀 구겨졌다고 실망하지 말자.
툭툭 털고 다시 시작하면 되니까.

오랜 시간 한 가지 일에 집중했다.

나의 직업은 타인의 감정도 살펴야 하고 타인을 위해 의상 콘셉트를 잡고 타인이 입을 의상을 들고 다녀야 하며 타인을 위해 다림질하고 타인이 입을 옷을 맞춘 듯 바느질하는 일이다. 그리고 다시 타인이 입었던 옷에 바느질한 부분을 풀고 다시 다림질하고 반납하는 일.

다른 이들은 나의 직업에 멋진 부분만 보고 얘기하지만 타인의 컨디션은 챙기면서 나의 컨디션 상태를 미루기도 하고 감추어야 할 때가 많다. 그리고 더군다나 옷의 무게를 모르는 사람들은 직업의 강도를 우습게도 생각하기도 한다.

남이 어떻게 생각하든 이젠 나의 마음에서 오는 소리에 잠시 귀 기울이고 싶다.

응원해줄게

매일 매 순간 응원이 필요해요?

아니면 저만 그런 걸까요?

똑같은 사람을 만나 상대하고 같은 일의 반복인데, 지칠 때가 이렇게 많은지. 하루에 열두 번씩 업&다운을 경험하고 있어요.

사회구성원으로 흡수되어 산 30여 년.

이 정도 경력이면 세상살이 좀 쉬워질 줄 알았는데 살아온 무게만큼 더 힘이 드는 듯한 느낌은, 저만 그런 걸까요?

그럴 땐 한 번씩 나에게 위로가 되어줄 글

하나쯤 외우고 있으면 좋을 듯해요.

꽃향기에 이끌려 꽃집으로 들어갔다. 뽐내듯 예쁘게 진열된 꽃들이 아우성이다.

"구석에 가녀린 저 화분 이름이 뭔가요?"

"호주매화요. 말라서 상품으로 팔 수 없을 것 같네요."

예쁜 꽃집 언니가 이렇게 말한다.

몇 개의 화분을 구입하면서 버려질 화분이 마음에 걸려

"혹시 저 화분 제가 저렴하게 구입해도 될까요?"

그 화분들을 집으로 데리고 돌아왔다. 건강한 아이들은 창문 베란다로, 버려졌던 호주매화는 물을 흠뻑 주고 분갈이해서 그늘에 놔뒀다가 며칠 뒤 영양제를 흙에 박아주기를 여러 번. 바깥 공기와 햇빛, 비도 맞추고, 물도 주면서. 그러길 몇 달이 흘렀다.

아침, 저녁 하루에도 몇 번씩 화분들과 인사를 주고받았는데 어머, 나의 정성이 버려졌던 호주매화에게 닿았나 보다. 꽃을 피웠다. 비록 작은 꽃 한 송이지만 기특하다. 너란 녀석 정성을 보태니 답을 주는구나.

하루하루 정성을 들이면 인생에도 꽃이 피겠지.

놀이터

혼자 놀아도 좋고
친구가 있으면 더 좋은 곳.

인생이란
놀이터다.

퍼즐 조각

인생이란 퍼즐 판에
어제란 녀석 옆에
오늘이란 녀석을 끼워 넣었다.

내일이란 요 녀석도 끼울 자리
찾아봐야지.

퍼즐 판 완성되면
나는 그곳을
조용히 떠나련다.

비

슬픈 하늘을 멈출 수 없을까?
울기를 며칠째 멈추지 않는다.
웃는 하늘도 보고 싶다.

몸부림치지 않아도 돼

목표를 두고
성공이란 비포장 길을 우린 걷게 된다.

그 길을 걷고 달리다 보면
그 상황에 일어나는 물리적 힘에 의해
정신적, 신체적 반응을 일으키게 된다.

그 반응이 연쇄적으로 일어나게 되면
고통으로 다가올지 모른다.
그때, 잠시 쉬어가도 좋지 않을까?

주위도 둘러보고 바람도 느끼면서
앞만 보고 달려온 나를 위해서.

일, 사랑, 취미, 학업, 만남.
무언가 시작할 때
다짐, 각오 하나씩 갖고 시작하실 거예요.

하지만
일, 사랑, 취미, 학업, 만남 등.
어떤 것이든 지칠 때도 있을 테고
포기하고 싶은 그런 날이 오기 마련이에요.

그럴 땐,
내가 무엇 때문에 시작하게 되었는지
다시 떠올려 보시는 건 어떨까요?

내가 선택한 이 길이 맞는 걸까?

늘 갈등하고 있다면 일단 용기를 가지고 가던 길 조금만 더 걸어 봐요.

걷다 보면 답을 찾을 수 있을 거예요.

돌림판

행복

기쁨

슬픔

분노

이 모든 것이 내가 돌린

인생의 돌림판에 있다.

눈물

차분히 내려앉은 빗방울
올망졸망 맺혀 있다.

길고 짧은 비에 세상을 적시고
얼기설기 크고 작은 상처는
내 눈에 눈물 맺히게 했다.

비 오는 날엔

비 오는 휴일 아침이다.

내리는 비를 멍하니 바라보고 있자니 아무것도 하기 싫고 몸은 천근만근. 그렇다고 침대에 몸을 맡기자니 무한정 밑으로 꺼져드는 기분이다.

창문 너머 빗소리는 달달한 커피를 생각나게 하고 따뜻한 물 한 잔에 커피 넣고 휘휘 저을 때마다 퍼지는 커피 향에 마법처럼 기분은 좋아지고 빗소리마저 아름답게 들린다.

밤에는 잠이 오지 않아 캔버스에 스케치를 시작했다. 스케치만 하고 잠을 청하려 했으나 나의 계획은 벗어나고 말았다. 아크릴 물감을 만지작거리다 결국 물통에 물을 받고 붓통 열고 물감을 꺼내 색을 만들었다.

에잇, 모르겠다.

20대에는 방황하기 바빴고,

30대에는 미친 듯 일이 좋아 사랑하던 사람들을 곁에서 밀어내고 일만 하다가 상처만 남았다.

40대에는 그 상처를 보듬고자 공부를 다시 시작했다.

어느덧 50대 초반, 참 바쁘게 살아왔는데 나에게 남은 게 없어 보인다.

무엇을 위해 이렇게 달려왔을까?

이제부터라도 나를 찾아보겠다며 생각에 생각을 하다가 고민마저 잊게 해 준 그림을 다시 그리게 된 것이다. 일에 쫓겨 많은 것을 잊고 잃었지만 앞으로의 나는 나로 살고 싶다.

사는 게 그렇더라.
매일 좋을 수도 없고
매일 나쁘지도 않고
굴곡이 생기더라.

살아보니 이런저런 일 겪으면서
만들어지는 게 인생이지 뭐야.

나쁜 운 비껴가지 못하겠거든
마음 단단히 부여잡고
오는 대로 자연스럽게 받아들여 봐.

경험치가 많아지면

애깃거리도 많아질 테고

노후에 심심하진 않을 테니까.

긍정의 힘으로 이겨내 보는 거야.

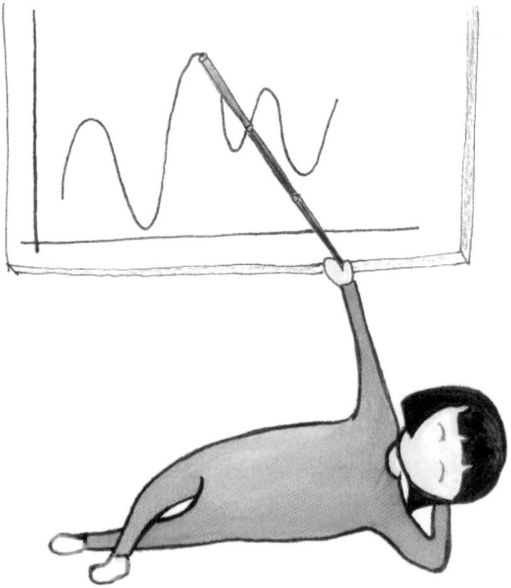

곱씹어서 좋을 게 없어

내 작은 실수, 상대방의 말 한마디에 속상하고 화나지만 네 스타일대로 당당하게 너에 대한 믿음을 가져 봐.

그 상황 곱씹는다고 좋을 게 없으니까.

정말 진심으로 많이 바쁘신 건 알겠어요.

그래도 어둠 속에 갇혀
한 발도 내딛지 못하는 내게
희미해도 좋으니
불빛 한 번 비춰 주세요.

그것마저 안 된다면
나의 처진 어깨라도 살짝 밀어
방향만이라도 알려주실 수는 없나요?

어둠 속에서 어떻게 해야 할지 모르는 제게 용기를 주세요.

비닐봉지

바람에 치이는 비닐봉지가
왜 이렇게 안쓰럽게 느껴질까요?

여기서 치이고
저기서 치이는
나와 닮았네요.

언박싱 쉼표

천천히

조금만 천천히

숨 한번 고르고

다시 시작해요.

잠시 멈춘다고

삶이 멈추진 않으니까요.

실수는 필요해

오늘 실수한 것을 마음에 담고 있나요?
그럴 필요 없어요.
그 실수가 삶의 밑거름이 될 테니까요.
믿어 봐요.

오늘의 용기

주위 사람들과 관계를 맺고 살아가려면
많은 용기가 필요해.
그 용기는 너의 의지에 달려 있지.
너의 재킷 주머니에 용기 두 개쯤 채워서
오늘도 파이팅해 봐.

인생 잔

수많은 날 함께하면서
사람들의 시름을 담아내는 '소주잔'

청량감으로
인생의 시원함을 담아내는 '맥주잔'

특별한 날
품위와 우아함을 지켜주는 '와인 잔'

화끈함과 멋을 뽐내주는 '양주잔'

그리고 서민들의 애잔함을 담아
새끼손가락으로 휘휘 저어 담아내는 '막걸리 잔'

이러하듯

술잔에 삶을 녹여 담아내면 '인생 잔'이 된다.

나 자신이 늘 부족하다고 생각하는 순간부터 무언가를 끊임없이 계속하게 되었다.

하지만, 내 목표가 뚜렷하다면 목표에 관한 것에 집중하고 나머지 시간은 목표를 향해 나아가기 위해 쉴 수 있는 시간도 즐길 수 있어야 한다.

구피의 어항 탈출기

미니 어항에 구피 한 쌍을 데려와 책상 위에 올려놨다.

코로나 팬데믹으로 밖에 나가지도 못하고 사람들과의 대화도 자주 할 수 없어 나를 위로하기 위한 방법으로 택했다. 먹이를 주려고 어항 쪽으로 몸을 숙이면 작은 어항에서 구피들은 나를 향해 몰려들어 꼬리를 쉬지 않고 흔든다. 그 모습이 예뻐 한참을 쳐다보다가 먹이를 넣어주면 조그만 입으로 먹이를 먹는 모습은 참으로 귀엽다.

투명한 어항 속 구피들은 어디까지가 자기 구역이라 생각할까? 투명한 유리 벽 저편까지라 생각하고 헤엄을 치다가 유리 벽에 부딪치면 무슨 생각을 할까? 사실 구피가 생각을 하는지는 잘 모르겠다.

가끔 어항 물을 바꿔주려고 할 때 물고기가 튀어 올라 밖으로 탈출해 놀랄 때가 있다. 열심히 헤엄쳐 더 멀리 가고 싶은데 벽에 부딪힌다면 우리도 구피처럼 벽을 뛰어넘으면 되지 않을까?

구피가 어항을 탈출하기 위해 높이 오르는 것처럼 우리도 할 수 있을 거다.

누구나 하나씩

재능은 누구나 갖고 있고
재능을 키우면 능력 있는 사람이 되는 것이다.
단지 그 재능이 무엇인지 모르거나
알고 있어도 인정하기 싫은 경우가 있을 것이다.

다른 이와 비교해서
그 재능을 하찮게 생각하기 때문이지 않을까?
하지만 하찮은 재능은 없다.

갖고 있는 재능을 더 발전시켜서
능력자가 되어 보는 건 어떨까?

매일 출근하며 신호등에 내 운을 맡길 때가 있다.

신호에 한 번도 걸리지 않고 한 번에 갈 때는 신이 나를 도와주나 싶어 든든하고 기분이 좋아 자신감이 상승한다.

'오늘은 모든 게 잘 풀리겠어!'

그러나 어떤 날은 신호등마다 걸릴 때가 있다.

초조할 만큼 '나한테 왜 이래? 오늘은 나를 도와주시지 않는 건가?'라며 투덜거린다.

그러다가 잠시 멈춘 신호등을 보며

'쉬엄쉬엄 가란 얘긴가 보다. 급하게 가지 말고 천천히 가라고 신호등마다 쉼을 주시나 보다.'

하고 나를 다독인다.

덕분에 잠시 멈춘 동안 창밖을 쳐다보다 옆 차 운전자와 눈이 마주쳐 어색하기 그지없지만 모든 마음 먹기 나름이란 말을 떠올려보며 한결 마음 편하게 하루를 감사히 시작하게 된다.

60이라는 숫자

10대는 학교 다니면서 사춘기 겪는다고 다 쓰고

20대는 직장 잡고 일하고 친구라고 믿었던 이들에게 365일 시간을 내어주었다.

30대는 더 높이 오르기 위해 일하면서 다 쓰고

40대는 초년을 허비한 벌로 다시 학교로 돌아가 공부하느라고 다 쓰고

50대는 지난 시간 참 열심히 살았다.

이제 하고픈 취미생활도 해가며 살아보려고 노력한다.

60대가 되면 지난 시간과 젊음을 아쉬워하기보다 포기할 것과 도전할 것을 나눌 수 있을 것 같아서였다.

그런데 생각이 바뀌었다.

60대를 기다리는 것보다, 지금처럼 오늘을 열심히 살기로.

내가 꿈꿨던 어른

내가 꿈꿨던 어른은 이해심도 많고 배려심은 당연한 것이었다. 남들이 얘기하는 가방끈이 길어지면 상대방과 이야기도 잘 통할 테니 이해와 배려로 언쟁이 높아질 필요도 없고, 상대를 뒷담화에 담을 일이 없을 것이라 생각했다.

그런데 내가 생각했던 어른은 없었다.

우리가 사는 세상은 어린이가 사는 세상과 조금 나이가 많은 사람들이 모여 사는 세상으로 나뉘는 것 같다.

내가 어떤 어른으로 성장하고 있는지는 개인차가 있다.
내가 생각했던 어른이 되고자 나는 오늘도 노력한다.

키가 작아서 불편하냐고요?

글쎄요. 키가 컸다가 작아진 게 아니라서 뭐가 불편한지 모르겠네요. 옷 사서 길면 그런가 보다 하고 줄여 입었고 모든 집기류는 손이 닿는 곳에 있고 뭐가 불편하진 모르겠어요.

아래 공기 어떠냐며 재미 삼아 얘기하잖아요? 그래서 위쪽 공기가 궁금해 9cm, 12cm 높이 구두를 신어 봤는데 공기를 느껴보기도 전에 온몸의 신경을 건드리는 듯 하루가 힘들었어요.

발도 아프고 종아리도 아프고 온갖 신경이 발에 모여 아무 일도 할 수 없었죠. 퇴근길엔 남의 눈을 의식하기보다 내 발이 편해야 했기에 결국 신발을 벗어들고 길을 걸어야 했죠.

키 작으면 작은 대로 크면 큰 대로. 그러면서 가끔 서로에게 도움도 주고받으면서 사는 게 우리가 사는 세상 아닌가요?

난 그렇게 살래요.

지루한 삶을 참을 수가 없는 걸까?

프리랜서이지만 바쁘지 않은 삶을 살고 있는 덕분인지 항상 일 말고도 또 다른 무언가를 병행해 왔다.

일 더하기 음식 장사, 망했다.

일 더하기 연애, 힘들지만 늘 도전할 준비로 지내고 있다.

일 더하기 각양각색의 취미생활, 집중하게 하는 힘.

일만 하는 나에게 취미생활은 깊게 들이마시는 '숨',

인생의 'MSG'와도 같다.

인간관계가 힘들 때도 일에 지칠 때도

취미생활이란 맛깔나는 조미료를 쳐서 지친 시간을 쉬어 가면 어떨까?

별일도 없었는데 하루종이 가라앉은 기분을 어찌해야 좋을지 몰라 헤매는 날. 앗, 따가워. 바늘에 찔렸다. 찔린 손가락을 입으로 가져갔다. 내 아까운 피. 빈혈이 있다 보니 조금 나오는 피만 봐도 아깝다. 오늘은 바느질하다 두 번이나 바늘에 찔렸다. 아팠다. 결국 피를 봤다.

한번 시원하게 울고 나면 왠지 가슴이 뻥 뚫릴 것 같은데 눈물을 흘릴 만큼 아픈 것도 아니었다.

이렇게 답답한 날이 있다. 마음이 아파 숨을 크게 들이마셔도 소용없고 가슴을 툭툭 쳐봐도 답답할 때가 있다.

이런 답답함을 누군가에게 풀어내고 싶지만 그것마저 녹록지 않아 힘들다면 "이 또한 지나갈 것이다."라는 말을 믿어 보련다.

긍정의 시선

SNS 속 사람들은 나와 다른 세계에서 살고 있는 것 같다. 모두 행복해 보이고, 즐거워 보이고, 기뻐 보이고, 걱정은 하나도 없어 보이고, 모든 걸 다 갖추고 살고 있는 것처럼 보이고, 완벽하게 보이는 사람들.

반면, 난 그들보다 덜 행복한 것 같고, 즐거운 일도 없어 보이고, 기쁜 일은 눈을 씻고 봐도 찾을 길 없어 보이고, 걱정은 빨래 쌓이듯 차곡차곡 쌓여만 가는 것 같고, 갖춘 것 하나 없이 방패도 없이 당하는 기분.

이렇게 불완전해 보이는 나도 다른 누군가에겐 행복해 보이고, 즐거워 보이고, 기뻐 보이고, 걱정도 없어 보이고, 완벽하게 모든 걸 다 갖추고 살고 있는 것처럼 보일 수 있다.

다른 이가 나를 바라보는 시선이 중요한 게 아니라 내가 나를 긍정적 시선으로 바라보는 습관을 가질 필요가 있지 않을까?

양심의 별

사람이 태어날 때 빈 몸으로 세상에 온다고 하지만 사실 태어날 아이에게 천사가 별 하나를 마음속에 심어 세상으로 보낸다는 이야기가 있다.

이 별은 살면서 내가 잘못을 할 때마다 바람개비처럼 뱅뱅 돌아가고 그럴 때마다 별의 뾰족한 끝부분이 가슴을 찔러 따끔따끔하거나 뜨끔거리게 된다. 이걸 보고 양심에 찔린다는 말을 하는 것이다.

잘못을 많이 하게 되면 별은 돌아가기 바쁠 테고 그로 인해 별 끝이 뭉뚝해지면서 나중에는 잘못을 하고도 잘못된 일이라고 느끼지 못하게 된다. '양심이 없다'라는 말이 되는 것이다.

"털어서 먼지 안 나는 사람 없다."라는 말이 있듯이 세상 살면서 잘못 한 번 안 하고 사는 사람이 있을까? 부모님한테 거짓말한 적도 있을 것이고, 친구랑 실랑이도 했을 것이고 선의라는 말을 내세워 거짓말도 해봤을 것이다.

이처럼 자의적이든 타의적이든 어쩔 수 없이 양심의 별이 움직여 잘못했다는 생각이 들 때가 있기 마련이다.

하지만 그 별이 뭉툭해지는 날은 20대가 될 수 있고 80대가 될 수도 있다.

오늘은 내 가슴 속 별이 반짝이는 별 모양 그대로 잘 유지하고 있는지 살펴봐야겠다.

시간

행복할 때는 밤이 오는 게 싫었고
불행하다고 느낄 때는 아침이 오는 게 싫었다.
하지만 영원한 것은 없었다.
시간이 지나면 지날수록
스스로 해결해야 하는 문제들이 많아졌다.

어두운 골목길에 혼자 서 있는 것 같았고
누가 톡 건드리면 악 소리도 못 내고 떨어질 것 같은
낭떠러지에 혼자 버려진 것 같아 무서웠다.

앞으로도 철퍼덕 주저앉게 될 일이 생길지 모른다.
온몸이 불행하다고 울부짖는 날이 올지도 모른다.

그래도 시간이 지나면서
스스로 견뎌 낸 경험이 단단해질 때쯤
휴식 같은 시간도 찾아오더라.

자전거

나는 자전거를 못 탄다.

초등학교 때 방학하면 과수원 하시는 둘째 이모네 가끔 놀러 갔었다. 사과나무, 배나무 사이로 뛰어다니다 목마르면 하나씩 따서 원두막에 올라가 껍질을 입으로 까고 속살을 듬성듬성 먹고 먹다가 배부르면 팔을 뻗어 던져 버리면 끝이다.

어느 날 뜨거운 여름 햇빛을 피하려고 원두막에 걸터앉아 다리를 구르고 있는데 저 앞에 세워있는 자전거가 보였다. 세발자전거 외엔 타 본 적 없던 나다. 부모님께서 늦게 본 자식이기도 했고 어려서 죽을 고비를 몇 번 넘긴 자식이어서 부모님 생각에 위험하다는 생각이 들면 절대 못 하게 하셨다. 하지만 그날만큼은 두발자전거를 배우겠다고 찡찡거리고 있었다.

자전거에 올라타고 페달을 밟으며 조금씩 나아가고 있는데 뒤에서 들리는 "우리 딸 앞으로 가네!"라는 아빠의 한마디에 뒤를 돌아보다 그만 시궁창에 빠졌다. 코를 풀고 풀어도 시궁창 냄새는 내 코를 찌르고 이모네 가족들, 삼촌에게 놀림을 많이 받았다. 시궁창 냄새는 샤워를 해도 없어지지도 않았고 이모는 농담으로 조카랑 한 상에 밥을 먹을 수 있으려나, 하며 자꾸 놀렸다. 그 말에 서글퍼 눈물을 흘렸던 기억이 난다.

그때를 기억하면 조금 아쉽다. 어차피 시궁창에 빠졌고 냄새나면 어때서. 대충 씻고 자전거를 배웠더라면 지금 나는 자전거를 탈 수 있을 텐데, 하는 아쉬움이 남는다. 시궁창에 또 빠질 것을 걱정해서, 냄새난다는 소릴 듣기 싫어서 멈췄던 결과는 자전거를 못 타는 어른이 되어 있다.

한번 시작한 일을 포기하지 않았더라면 결과를 얻었을 텐데 말이다.

아쉬움도 인생 경험이라 생각하고 넘겨본다.

내 왼쪽 가슴엔 날갯짓하며 날아가는 새를, 목 뒤에는 일곱 개의 별을 타투로 새겼다. 이 타투를 마취 크림도 바르지 않고 살에 그려 넣었다. 사회생활 하면서 뭐가 그리 힘들었는지 뭐라도 하지 않으면 미칠 것 같아 내 몸에 상흔을 입힌 것이다.

무엇을 기억하고 싶었고 무엇을 잊고 싶었는지, 사실 지금은 기억조차 없다. 아마도 나 스스로 한 마리 새처럼 훨훨 날아보고 싶다는 소망과 밤하늘에 반짝이는 별처럼 나도 빛나고 싶다는 것을 표현할 길이 없어 타투로 그려 넣은 것 같다.

여름옷을 입을 때 슬쩍슬쩍 보이는 새를 보고 사람들은 "새 네 마리가 가슴에 있구나?"라고 말하지만 사실 새는 한 마리다. 단지 날아가는 모습을 연속으로 그린 것을 보고 다른 사람들은 새 네 마리라고 생각하는 것 같다.

목에 있는 일곱 개의 별을 보고는 "네가 칠성파니?" 하며 놀리는 사람도 있고, 예쁘다는 사람도 있고, 드레스 입을 때 어쩌려고 지워지지도 않는 타투를 했냐며 걱정하는 분도 계셨다.

사람들은 내가 왜 타투를 하게 됐는지 물어보지 않는다. 보이는 그대로 보고 본 것에만 관심을 갖는다. 그리곤 나에게 아프지 않았냐며 묻는다. 나의 대답은 이랬다.

"인생을 알아가는 것보다 아프지는 않습니다."

2장

마음이 물들다

또각또각

뚜벅뚜벅

탁 탁 탁

걸음걸이가 모두 다르듯

삶의 방향도 다르고

각자의 삶을 스타일링 하는 방법은 달라도

결국 우리가 쫓는 것은 행복이다.

생각만으로 웃음 짓게 하는 단어들이 있지.

그런데 그런 단어들은 추상적이란 단점이 있어. 사랑이란 단어는 생각만으로 온몸의 세포를 깨우기도 하지만 측량 불가. 상대방이 원하는 만큼이 아니면 내가 아무리 노력해도 자기를 사랑하지 않는다더라.

그럴 땐 참 답답해. 그런데 재밌는 것은 사랑이 변하기도 한다는 거야. 사랑해서 만났는데 사랑해서 떠난대. 이해되니? 이걸 이해한다면 당신은 인생을 좀 살아봤고 세월의 흐름을 경험했다는 증거이기도 하지.

그리고 행복은 말이야. 사람들이 물질적인 것으로 기준을 두고 가치를 두는 것 같아서 조금 서글퍼지더라. 사실 나도 그랬어. 멋진 스타일을 위해 명품 가방도 들었고, 좋은 브랜드 옷도 입어 봤어. 하지만 좋은 수입차를 타고 있어도 행복을 느끼기 보단 매일 뭔가에 쫓기듯 살았거든.

그런데 말이야 내가 조금 변했어. 이렇게 에코백을 메고, 저렴한 옷을 입고 있음에도 불구하고 요즘의 나는 소소한 행복을 즐기고 있어. 내가 하고 싶은 공부를 하고, 내가 하고팠던 그림을 그리고, 누군가에게 응원이 될 메시지를 주기 위한 소품을 만들고, 반려 식물을 키우지.

그리고 변한 게 하나 더 있어. 내가 선물 받을 일이 생기면 예전엔 무조건 걸치레할 수 있는 걸 얘기했었거든. 요즘엔 책을 사달라고 하지. 나 스스로가 멋져 보이더라. 남을 조금 덜 의식하고 사니까 표정에서 나타나나 봐. 사람들이 나의 얼굴 표정이 편해 보인다고 하더라고. 예전 내 얼굴에는 욕심이 가득도 아닌 그득그득했었나? 그런 생각이 들더라. 물론 지금도 욕심은 있어. 나도 사람이니까.

너도 네가 행복해질 수 있는 걸 찾길 바라. 넌 행복해질 의무가 있으니까. 너 스타일대로 살아봐! 응원할게.

찾았다, 보약

살아가면서 비단길, 꽃길만 걸으면 얼마나 좋겠니?
그런데 세상은 그렇게 만만치 않으니 문제지.
자갈길이나 가시밭길도 걸어야 비로소 만나게 되는 인생.
이렇게 힘든 길을 걸을 때 도움이 되는 게 몇 가지가 있어.

내가 딱, 한 가지만 알려줄게.

너한테만.

바로 웃음이란 녀석인데, 이 녀석은 신기하게도 입가에 미소만 지어도 힘이 난다니까!

너도 한번 해 봐.

그리고 이건 비밀인데, 그 보약은 옆에 있는 사람들에게도 도움이 된다는 거야. 신기하지?

집중

혼자여서
혼자라서
혼자이기에
아쉬움 없이 즐길 수 있고
집중할 수 있는
바로 지금 이 순간이 행복하다.

누군가를 떠올려야 한다면

가족, 친구, 혹은 연인.
당신 곁에도 이런 사람 한 명씩은 있죠?
그 사람들을 떠올려 보세요.
미소가 절로 나와 나를 행복하게 해줄 거예요.

주문을 걸다

마법사가 아닌 걸 알지만 주문을 외워 봐요.

행복해져라.
행복해지자.
행복할 거야.
행복하다.

어렵지 않은 데 자꾸 잊어버리게 되죠?
알아요.
그래도 다시 한 번 심호흡하고 주문을 걸어 봐요.

행복해져라.
행복해지자.

행복할 거야.

행복하다.

오늘은 성공할 수 있을 테니까.

칭찬해주세요

"옷이 예뻐요."
"헤어스타일이 잘 어울리는데요."
"피부 톤이 오늘따라 화사하네."
"그 가방 잘 어울리네요."
"좋은 일이 있으려나 봐요."

타인에겐 칭찬을 서슴지 않는다. 남에겐 아끼지 않는 칭찬을 정작 하루를 정신없이 바쁘고 힘들게 보낸 나에게는 하지 못한다.

'높은 구두 신고 달리느라고 고생했어.'
'무거운 화장에 답답한 마스크까지 쓰고 있느라고 고생했어.'

'상사의 잔소리, 쓴소리 듣느라 고생했어.'
'더운데 넥타이 매고 다닌다고 고생했어.'
'늘어나지도 않는 답답한 슈트 입고 일하느라고 고생했어.'

찾으면 나를 위한 칭찬은 백 가지도 넘을 텐데 말이다. 하루를 정신없이 살고 있고 살아야 하는 나를 위해 하루에 한 번은 토닥토닥, 쓰담쓰담 해주는 건 어떨까?

그 칭찬에 내 몸은 행복할 테고 내 마음은 더 행복할 테니까 말이다.

내게 주는 사치

출근길
표정 없이 움직이는 사람들 사이에 내가 있다.
벤티 사이즈 아메리카노 한 잔으로
나를 위한 사치 좀 부릴게.

고맙습니다

젊음이란
미래의 불안감을 가지고
살아가는 시기.

미래에 대한 확신 없이
계속 도전하고 실패하면서
인생을 알아가는 시기.

꿈을 가지고 산다는 것만으로
얼마나 감사한 일인지
젊을 땐 그 감사함을 몰랐고
깨닫고 나니 반백 년이 흐른 뒤다.

따뜻한 빛으로 희망을 주고 응원하고
미래에 나에게 감사하는 마음을
가져보길 바란다.

땡땡이치는 시간도 가끔은 필요해

회사 근처를 산책해 볼까요?

작은 공원이 있어 나무를 볼 수 있어요.

뜨거운 태양을 피하려고 낀 선글라스는 벗고

아지트에 잠시 들러 벤치에 누워

멍하니 나무를 바라봅니다.

혼자여도 행복한 시간이네요.

바람이 좋아서

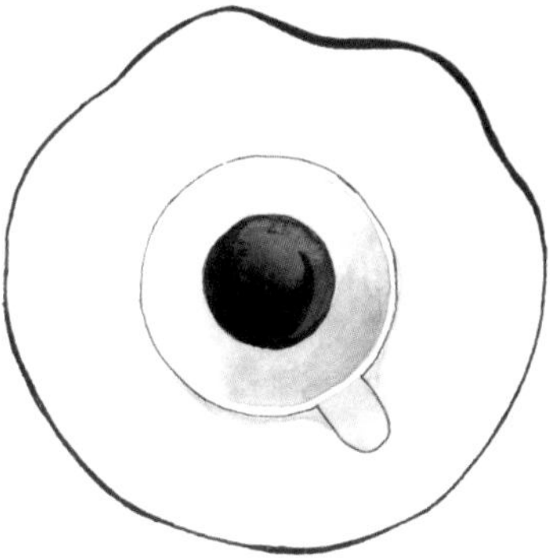

바람이 좋아서 그냥 걸었다.
무작정 걷다 멈춘 곳은 북카페.
대단히 멋스럽지는 않지만
편안함과 소박함을 품고 있는
이런 북카페가 동네에 있었다니.

배가 살짝 나온 사장님의 인품이
구수한 커피 향과 어울린다.

맛있는 커피와 평온함이 함께하는 이곳처럼
인생도 멋지게 스타일링 하자.

방바닥 엑스레이

지루하기 짝이 없는 날 누군가 알려준 유튜브 채널.

그 유튜버의 일상이 고스란히 담긴 영상을 정주행하며 챙겨보고 있다. 오늘은 무엇을 먹을까, 어디를 갈까, 고민하는 것을 행복하게 지켜보는 나를 발견했다.

좋아! 나도 박수 세 번 치고 어느 유튜버처럼 내 스타일대로 일상을 브이로그 하듯 살아볼래.

똑똑똑

아침부터 노크 소리가 요란합니다.

창문을 두들기며 똑똑똑.

바람을 피하려고 비가 노크하는 소리였습니다.

뜻밖의 손님, 제가 기다리는 비였습니다.

굿모닝 인사

창틀에 빼곡하게 앉아 있는
반려 식물들에게
오늘도 굿모닝을 속삭이며 인사해 봅니다.

삐죽삐죽 나온 머리카락을 자르듯
줄기도 잘라 주며
너희가 있어 행복하다고
덤으로 얘기해 봅니다.

잊었다고? 아니야

한가한 일요일, 책장에서 책 한 권을 꺼냈다. 첫 장을 펴니 손글씨로 쓴 짧은 글이 적혀 있다.

2014년 12월 19일
마음이 공허한 날. 외로움이 나를 껴안은 날. 말 때문에 상처받은 날. 모든 문제의 키는 내가 갖고 있을 터. 답을 찾아보자.

이날 무슨 일이 있었는지 기억은 나지 않는다. 하지만 오늘 이 책에 눈길이 간 것엔 이유가 있지 않을까? 다시 한번 읽고 반성을 하든, 위로를 받든, 무언가를 얻을 수 있을 것만 같다.

열등감이 준 선물

나를 남들과 비교해서 스스로의 가치를 낮게 평가하는 감정을 열등감이라 한다. 하지만 열등감이란 단어에게 나는 무한 감사한다.

나는 열등감 덕분에 스타일리스트가 될 수 있었다. 나의 작은 키와 통통한 몸, 남보다 덜 예쁘다고 느꼈던 나이기에 가능했던 것이 아닐까. 덕분에 꾸미는 것을 좋아했고 방법을 하나하나 터득해서 나만의 스타일이 생긴 거니까 말이다.

나는 언제나 무언가에 대해 갈증을 느꼈고 빈 공간을 채워가려고 노력했던 것 같다. 돌이켜보면 어느 정도의 열등감은 오히려 자극제가 되어 인생이란 바다를 항해할 수 있도록 도와준다는 결론을 얻었다.

내가 가진 부족함을 어떤 식으로 해석하고 행동으로 옮

기느냐에 따라 결과는 얼마든 다르게 나올 수 있다는 걸 알게 되었다.

행복의 정의

행복한 삶이란 일방적인 것이 아니라
우리가 서로 주고받으면서 함께할 때
진정한 의미를 갖는다.

행복, 그거?

행복
까짓것 별거 없다.

맛있는 차 한 잔
그리고 좋은 사람과 함께라면
그게 행복이지.

옥상 위에

물감 풀어 놓은 하늘에
누가 솜사탕을 흘렸을까?
요만큼만 똑 떼다가
우리 집 옥상 위에 걸어 놓으면
정말 좋겠다.

오늘 하늘은 행복 그 자체다.

들꽃이 가져다준 행복

내가 다니던 고등학교는 산 중턱에 있었다. 종아리도 굵은데 아침마다 산을 올라 6층 건물 안으로 들어가야 지각을 면할 수 있었다. 하루는 지각을 면하기 위해 헉헉거리며 미친 듯 산을 올라 자리에 앉았는데 주번이 이렇게 늦게 오면 어떻게 하냐는 친구들의 원성을 들어야 했다. 진짜 정말 모르고 늦어버린 것이다.

그때만 해도 주번이 꽃을 사다 교탁 위에 꽂아 놔야 했는데 그 사실을 완전히 잊고 있던 나는 당황스럽기도 하고 선생님의 불호령을 생각하니 앞이 캄캄했다. 그래서 뒷산으로 냅다 뛰어가 온갖 야생풀과 들꽃을 꺾어 꽃병에 꽂아놓았다.

반 친구들은 "야. 더 혼나면 어쩌려고 그래?"라며 빨리 갖다 버리라고 했지만, 이래 죽으나 저래 죽으나 한 번은 혼나야 하니 에라 모르겠다는 마음으로 시치미를 뚝 떼고 앉아 있었다.

또각또각 구두 소리와 함께 교실 문은 열렸고 선생님은 교탁 앞에 서셨다. 반장이 일어나 "차렷, 열중쉬어, 차렷. 선생님께 대하여 경례." 하고, 반 전체가 합창하듯 "안녕하세요?" 하고 인사를 마쳤다.

"오늘 주번이 누구니?"

'하, 드디어 올 것이 왔구나.'

애들은 합창하듯 "김○○입니다."라고 아주 또랑또랑한 목소리로 말하고 있었다.

"김○○, 일어나 볼래?" 나는 고개 떨구고 일어났다.

"오늘 꽃 정말 예쁘네. 들꽃 좋아하는 걸 어떻게 알았니? 요즘 꽃가게엔 야생화도 파는구나."

난 사실대로 말씀드려야 할 것 같아서 뒷산에 올라가 뜯어 왔다고 말씀드렸다. 고생했다는 한마디와 함께, 위험하니 다음에는 그러지 말라는 말씀으로 상황은 무사히 넘겼던 기억이 난다.

나도 그날의 선생님처럼 들꽃을 좋아해 왔다. 논두렁에 핀 계란을 닮은 꽃도 좋아했고 클로버 꽃으로 왕관을 만들어 머리 위에 얹고 다니기도 했다. 들국화에 핀 씨앗을 입으로 호호 불어 날리던 소녀였다. 꽃집에 진열된 꽃보다 확실히 난 들꽃을 사랑한다. 예쁘게 진열된 꽃도 우리에게 기쁨을 주지만, 들에 핀 꽃은 우리에게 힘을 준다는 생각 때문이다.

우리가 어디에 있든 우리의 가치가 다르지 않다는 사실처럼 말이다.

내가 나여서 좋은 10가지 이유

첫 번째, 맑은 눈동자.

세상을 아름답게 바라볼 수 있어서.

두 번째, 호탕한 웃음.

주위 사람들을 웃게 할 수 있어서.

세 번째, 나의 손길.

예쁘게, 멋지게 꾸며줄 수 있어서.

네 번째, 마음의 온도.

나를 찾아온 친구를 맞이할 수 있어서.

다섯 번째, 내 눈물.

모든 감정을 보여줄 수 있어서.

여섯 번째, 나의 낭랑한 목소리.
누군가의 이름을 불러 볼 수 있어서.

일곱 번째, 천 가지 표정.
말 대신 나를 표현할 수 있어서.

여덟 번째, 나의 어깨.
좋아하는 사람에게 어깨를 빌려줄 수 있어서.

아홉 번째, 내가 가진 하루.
열심히 살 수 있는 기회가 되어줘서.

열 번째, 바로 나.
이런 나를 내가 사랑하지 않을 수 있을까?

나에게도 남이 인정하는 예쁜 곳이 있다

내가 다녔던 고등학교에는 예절관이 있었다. 일주일 동안 학교에서 생활하며 예절 교육을 받고 마지막 날에 배운 예절을 보여드리기 위해 부모님을 모시고 행사를 진행했다. 엄마가 학교에 오셨고 바로 옆에 있었는데도 불구하고 담임선생님은 나에게 질문하셨다.

"엄마는 안 오셨니?"

"아니요. 이분이 제 엄마신데요?"

선생님은 나와 엄마를 번갈아 보시더니 하지 말아야 할 말을 하셨다.

"○○이 친어머님 맞으세요?"

"정말 안 닮았네. 어머님 미인이시다."

나의 절친이었던 친구의 어머니마저 그런 말을 하셨다.

나는 늘 듣던 얘기라 놀랍지도 않았다. 그리고 잠시 후 엄마가 사라지셨고 또 잠시 후 담임선생님도 사라지셨다. 두 분 사이에 어떤 말씀이 오고갔는지에 대해 나는 관심도 없다. 어려서부터 워낙 엄마와 내가 닮지 않았다고 많이 들으면서 자랐기 때문이다. 난 그 상황 그 이야기보다 친구들에게 내 자랑하기 바빴던 것으로 기억한다. 외모는 엄마에게 밀렸지만 눈동자가 예쁘다는 소리는 많이 들었다.

어느 날 지하철을 타고 가는 데 나를 빤히 쳐다보던 어떤 사람이 나에게 다가와 "눈이 참 예뻐요. 그 눈빛 잃지 말아요."라고 했었다. 그때는 이상한 사람이라고 생각했는데 살면서 몇 명의 남자친구들과 선배들도 나의 눈이 예쁘다고 했던 걸 보면 빈말은 아닌 것 같다. 나에게도 예쁜 곳이 있다는 게 중요하니까.

또 하나는 나의 목소리가 예쁘다는 칭찬이다. 나는 다른 사람보다 목소리 톤이 높다. 솔 음 정도의 톤이라 멀리서도 내 얘기는 정확하게 들린다고 한다.

나의 취미생활 중 하나는 아마추어 무선 햄HAM활동이었다. 전파법을 공부해서 자격증을 취득한 후 콜사인 DS2OOO을 발급받았다. 아마추어 무선 햄은 무전기로 통신 활동하는 동호회인데 지금은 거의 하지 않고 있지만 한

때는 봉사활동도 열심히 했었다.

무전기를 통해서 전달되는 목소리는 그냥 말하는 소리와 다르다. 내가 나의 목소리를 들을 수 없기 때문에 잘 모르겠지만 무선국을 운영하셨던 국장님들께서 "DS2OOO 목소리 정말 좋습니다."라고 말씀해 주셨고 나름 인기도 있었다. 사는 게 바쁘다 보니 지금은 무선국을 운영하지는 못하지만 좀 더 나이가 들고 시골에 내려가 살게 되는 날 다시 안테나 세우고 무선국 세워 활동하고 싶다.

나이가 들어가는 만큼 하고 싶은 것도 늘어가는 내가 어이없지만 오히려 그래서 감사하다.

그리고 마음이 예쁘다는 말 또한 들었다.

늘 베푸는 마음을 갖고 살라는 부모님 덕에 손해 보는 경우가 다반사지만 그래도 기분 좋게 베푸는 것이라 늘 좋다. 봉사활동도 그래서 오랫동안 할 수 있었다. 그 마음 유지하면서 살고 싶은데 가끔은 나도 세월에 이간질당할 때가 있다.

나에게도 남이 인정하는 예쁜 곳 세 곳이 있으니 이번 생은 이것으로 만족하련다.

용기 충전소

선시야 작가의 『용기 충전소』를 읽었다. 아동들을 위한 동화지만 가끔 나도 어린아이로 돌아가고 싶어 어린이 동화책을 구입해서 읽는다. 이 책을 구입한 이유는 제목이 신선했기 때문이다. 용기를 충전할 수 있는 충전소가 있다니 내게 필요한 곳이기도 했다.

어떤 일이든 용기가 필요하다. 그리고 어른들도 용기는 필요하다. 회사 출근을 위해 지친 몸을 침대에서 일으킬 때, 현관문을 나서 때, 개한테 물려 흉터가 생긴 얼굴로 대중교통을 이용할 때, 늘 보던 사람들이 아닌 새로운 사람을 마주할 때, 상대에게 내 의견을 말하고 이해를 구할 때도. 특히 정의라는 믿음으로 사람들 앞에 나설 때는 더욱 용기는 필요하다. 사실 나도 용기를 쉽게 충전할 수 있는 충전소가 있다면 당장이라도 찾아가 용기를 충전하고 싶다.

책에서 주인공은 많은 친구들 앞에서 발표할 용기가 없어 고개를 떨구고 가다가 우연히 지나친 골목에서 용기 충전소를 발견한다. 용기를 충전하면 부작용이 발생할 수도 있다는 사용설명서를 읽고, 부작용이라는 말에 고개를 갸우뚱거리며 오늘 꼭 필요한 용기를 충전 받는다. 그리고 책의 후반부엔 꼭 읽어야 하는 교훈이 담겨 있었다. 진정한 용기는 충전소에서 받는 것이 아니며, 본인 스스로 만드는 용기가 진정한 용기라는 것을 말하고 있다.

그랬다. 용기 충전소는 바로 나, 자신이었다.

왕관의 무게

"왕관을 쓴 자, 그 무게를 견뎌야 한다."

이 말은 꼭 왕이나 대통령에게만 해당되는 것이 아니다. 엄마로서 아빠로서 부모가 가져야 하는 무게도 있을 것이고 직장에서 직급이 가진 무게감을 말할 수도 있다.

내가 가진 위치에 따른 무게감을 말하는 것이기 때문에 현 위치에 따른 무게를 잘 견뎌야 한다는 말과 같다. 더 높이 올라가면 갈수록 그 무게는 더 무거울 수밖에 없다.

그러니 난 이 말을 현재를 즐기면서 열심히 임하면 된다는 뜻으로 받아들이고 싶다.

휴지통

뒷담화. 이처럼 좋은 안줏거리는 없다. 그런데 내가 받은 상처를 풀겠다고 믿던 사람에게 푸념 삼아 뒷담화 했던 말이 고스란히 화살이 되어 돌아올 때가 있다. 그럴 때면 예전에 읽었던 동화 「임금님 귀는 당나귀 귀」가 생각이 난다.

이발사가 임금님 머리를 자르러 갔다가 임금님 귀가 당나귀 귀를 닮은 것을 보았다. 누구에게도 말을 할 수는 없었고 하고픈 말을 참자니 답답해서 숲에 들어가 "임금님 귀는 당나귀 귀!" 하고 외쳤다. 이발사가 돌아간 뒤 숲에 바람이 불어 '임금님 귀는 당나귀 귀'라고 메아리가 돌아 온 나라 사람들이 알게 되었다는 이야기.

숲에서 내지른 소리도 바람이 전하는데 사람에게 넌지시 털어놓은 푸념은 오죽할까?

데스크톱 첫 화면에도, 노트북 첫 화면에도 자리 잡고 있는 아이콘이 있다. 바로 '휴지통'이다.

마음에 담자니 스트레스로 다가오고 뒷담화도 부담스러울 때 컴퓨터 화면에 있는 휴지통 아이콘처럼 우리 모두 감정을 골라서 버릴 수 있는 휴지통이 있었으면 좋겠다는 생각을 한 적 있다.

그래서 나는 이런 방법을 쓴다. 나의 감정을 종이에 쓰고 한 번 읽어본 뒤 종이를 시원스럽게 쫙쫙 찢어 휴지통에 버리기.

나름 효과는 있다.

기분 좋은 상상

옆집에 마법사가 살았으면 좋겠다는 생각을 해 봤다. 걱정이 사라지지 않는 세상에 우리는 살고 있고 아무리 걱정한다 한들 줄어들지 않는 고민을 한 아름 품고 뜻대로 흘러가지 않는 인생을 탓하며 하루하루 부정적인 생각을 머릿속에 풀어 놓고 살고 있다. 이럴 때 인심 좋은 마법사가 옆집에 친구로 살고 있다면 모든 문제를 쉽게 해결해 줄 것 같다는 생각에서였다. 불안한 현실을 거쳐 해결 방법도 찾아지겠지만 그 긴 시간을 걱정이란 박스 안에 갇혀 지내고 싶지 않다.

주문 한 번으로 새 세상을 만들어 줄 마법사가 내 앞에 나타나 소원 한 가지를 들어준다면 어떤 것을 말해볼까.

똑똑한 머리를 달라고 할까? 아니면 황진이도 울고 갈 미모를 달라고 해서 세상을 정복해야 할까? 걸을 때마다 남들이 나를 올려다볼 수 있게 훤칠한 키를, 그것도 아니면 세상을 살 수 있을 만큼의 돈을 달라고 해볼까? 위인전에 남을 만큼 명예로워지고 싶다고 말할까? 권력을 달라고 해서 남들이 날 우습게 보지 않도록 만들어볼까? 하지만 건강하지 않으면 무슨 소용 있을까. 잠시 일어나지 않을 상상을 하며 미소 지었던 적이 있다.

그냥 걱정거리가 한가득일 때 한 스푼만 떠서 버려달라고 하고 싶고 몸이 아프면 지금보다 한 10%만 덜 아프게 해달라고 말하고 싶고 키가 작아도 예쁘다는 소리를 못 들어도 가십거리만 되지 않게 해달라고 하고 싶다.

이것마저 힘들다고 하면 그냥 옆집에 마법사가 내 친구였으면 좋겠다. 모든 것은 내가 풀어야 할 숙제이지만 상상만으로 기분 좋아질 수 있다.

기분 좋은 상상은 나를 힘 나게 한다.

요즘 널 위해서 무엇을 하니?

'요즘 널 위해서 뭐 하니?'

스스로에게 물어봤다.

'날 위해서 무엇을 하고 있지?'

우선 집에선 최대한 핸드폰을 멀리했다. 핸드폰은 모든 정보를 쉽게 내어 주는 대신 나의 여유를 빼앗아 갔다는 생각이 들었기 때문이다. 대신에 침대 옆 탁자에, 거실 식탁에, 화장실에도 책을 한 권씩 비치해 놨다. 읽지 못해도 괜찮고 한 줄이라도 읽으면 더 좋고, 한 페이지를 읽으면 나에게 칭찬을 아끼지 않았다.

커피도 최대한 향을 느끼기 위해 드립으로 마시려고 노력한다. 물론 빠르고 편리함에 먹는 커피 믹스가 필요할 때도 종종 있긴 하다.

아니면 잠깐이라도 멍하니 있으려고 한다. 명상이 아니어도 멍하게 한곳을 지긋이 바라보는 것만으로도 마음이 차분해진다.

너무 급하고 빠르게 지나온 시간들을 되돌릴 수는 없지만 조금은 느리더라도 내가 좋아하는 일, 하고 싶었던 일을 하면서 지내고 싶다.

그렇다면 당신은 요즘 당신을 위해 무엇을 하는가?

스스로를 위해 마음속에 작은 질문을 던져 보자.

3장

색과 색이 만날 때

인생은

작고 작은 인연들이 모여

꾸며진다.

신발

“좋은 신발은 좋은 곳으로 안내한다.”는 말이 있다. 결코 비싼 신발을 말하는 것은 아니다. 상황에 맞고 의상과 조화를 이루고 착용했을 때 편해야 한다는 말이다.

인연도 이와 같지 않을까? 나와 어울리는 사람을 만나 같은 곳을 바라보며 함께할 수 있을 것이란 생각이 든다.

우연을 넘어 필연으로

모든 만남이 우연으로 시작하는 건 아닐 것이다.

계획에 짜 맞춰진 만남도 당연히 있을 수 있을 것이다. 어떤 만남이든 서로에게 관심을 갖게 되면 인연이 된다. 사실 인연으로 이어지는 그 시간도 보통의 노력은 아니란 걸 알고 있다. 인연에 수많은 시간과 에너지, 그리고 진심이 들어가야 만들어지는 게 필연일 것이다.

필연까지가 너무 어려워 우린 그 인연만으로도 감사함을 느낀다. 당신의 관심으로 주변 사람들과 좋은 인연으로 만났을 테니 이젠 공들여 필연으로 만들어 보길 바라본다.

집 현관문만 나오면 새로운 인연은 시작된다. 지나가는 옆집 아주머니, 아저씨 모두가 인연이 된다. 그 인연의 고리는 학교에서 직장에서 또는 이동하는 교통수단을 통해 이어진다.

옷깃만 스쳐도 인연이 되듯 눈길만 주고받아도 인연이 될 수 있다.

하지만 인연이었다가 악연이 되는 경우도 있다. 친하다고 생각하며 지냈던 그 친구는 나에게 본인의 상처까지 이야기하는 그런 친구였다. 그런저런 이유로 나는 그 친구에게 아낌없이 베풀었던 걸로 기억한다. 나는 늘 그랬으니까. 사람과 친해지면 내 것 나누는 걸 아까워하지 않았으니까. 나의 이런 성격을 좋아하지도 않지만 천성이라 고쳐지지도 않는다.

그런데 어느 날 그 친구는 들어주기 애매한 일을 내게 부탁했다. 어쩔 수 없이 나는 거절했고 그 일로 인연이 악연으로 변한 것이다. 부탁을 들어주지 못했지만 친구였기에 인사를 건넸으나 그 친구에게 나는 투명 인간이었다.

어떤 상황이냐에 따라 인연이 되기도 하고 악연이 되기도 한다. 인연이 아니라면 그 연에 연연하기보다는 한 번쯤 멈추는 것도 맞을지 모른다는 생각이 든다.

어떤 인연

내 곁에 있는 모두가 소중한 인연이 될 수 없듯이
나를 아프게 하는 사람이 곁에 있다면
그 인연은 결코 나에게 좋은 인연이 아닐지도 모른다.

좋은 인연은 추억이 되지만
아픈 인연은 가르침을 준다.

내 손 잡아줘

삶이라는 길 위에서 헤매다가
무서움과 외로움을 마주할 때,
네가 손 내밀어 주면 좋겠어.

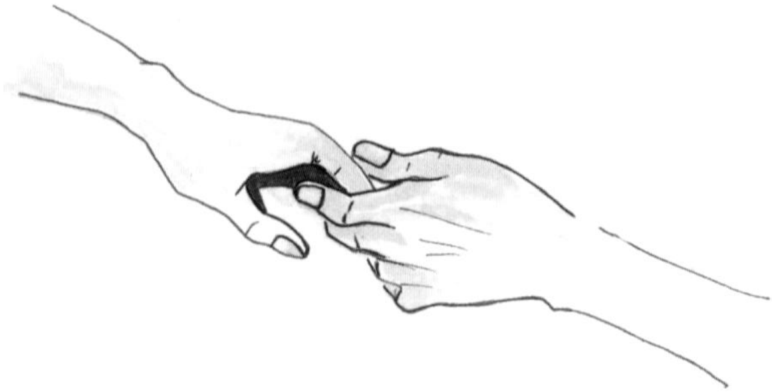

두 손 모아

누군가가 필요할 때
어떤 이는 가까운 가족을 찾고
어떤 이는 친구를 찾고
어떤 이는 상담사를 찾고
어떤 이는 신을 찾는다.

그 누구여도 좋다.
힘든 세상에
혼자 남겨졌다고 생각될 때
주위를 살펴보자.

분명히 손 내밀어
너의 손을 잡아 주는 이가 있을 테니.

사이다가 필요해

코로나만 사회적 거리가 필요한 게 아니다.
사람과 사람 사이에도 적당한 거리가 필요하다.
관계적 거리두기라고 해 두자.

관계적 거리두기가 실패했을 때
쏟아지는 농담이 공격적이라는 생각이 들 때
톡! 쏘는 사이다 발언이 필요할 때다.

누군가와의 마찰, 그리고 언쟁.
나의 제언이 바닥을 칠 때가 있다.
내가 못나서가 아니다.
의견이 다를 뿐이다.

그럴 때,
크게 한숨 한 번 쉬고
다시 크게 한숨 한 번 쉬고
한 번 더 크게 숨 고르기.

넓은 아량으로
내가 어질고 착함의 참을 인 자를
가슴에 새겨보는 것이다.

부탁

시간이 흐르면서 이것저것 겪다보니 내 것을 다 줄 필요도 없고 남의 부탁을 모두 들어줄 이유도 없다는 것을 알게 되었다. 세월은 내게 거절도 미덕이라는 사실을 가르쳐줬지만 예전에는 누군가 나를 찾아와 부탁을 하면 오히려 나의 도움이 필요해서 찾아 준 사람에게 감사했다.

하지만 정작 나는 다른 사람에게 부탁해야 할 상황이 생기지 않기를 바란다. 왜냐하면 나의 부탁이 민폐로 이어질까 걱정이 돼서 못하는 경우도 있지만 부탁했다가 거절당하는 게 싫기도 하기 때문이다.

퇴근길 주차장에 와보니 내 차 앞에 떡하니 커다란 봉고차가 이중 주차 되어 있었다. 나 혼자 밀 수 있을까, 아니면 지나가는 분을 기다렸다가 같이 밀어달라고 부탁을 해야 할까, 고민을 했다. 추운 겨울 차가운 차에 손을 내밀어 같이 밀어줄 사람 찾는 것도 쉽지 않겠다는 게 나의 결론이었다. 지나가는 분에게 '죄송하지만 차 좀 같이 밀어주시겠어요?'라는 말을 꺼내지 못해서 혼자 밀었다. 결국 혼자 생각하고 혼자 결정해서 차를 밀었다. 그리곤 바로 바닥에 주저앉았다.

그날 밤 그저 근육통뿐이길 바라며 파스를 붙이고 잠에 들었는데 아침에 몸을 일으키니 목 아래로 움직이지 않았다. 뭔가 문제가 생긴 게 틀림없었다. 큰일이 났다 싶어 3층에 계신 엄마를 소리쳐 부르고 119의 도움을 받아 의정부에서 크다고 하는 정형외과로 향했다. 검사를 마치고 들은 이야기는 충격적이었다. 디스크가 터졌고 흐르기 직전이라 수술이 급하다고 했다. 잘못하면 하반신 마비가 올 수 있다는 말에 겁도 났지만 희망적인 것은 수술하면 괜찮다는 선생님의 말씀이었다.

수술은 잘됐고 지금도 만족하며 살고 있지만 나는 여전히 내 것을 남에게 주는 것은 아까워하지도 않으면서 남에게 부탁하는 것은 불편하다. 하지만 이 일은 결국 혼자 생각하다가 혼자 결정짓고 혼자 해결해보려다 얻은 결과였다. 분명 혼자 해결해야 하는 일도 있다. 하지만 혼자가 힘들 땐 타인에게 도움을 요청해보는 것도 나쁘지 않다. 분명 도와준 분도 기쁘게 생각할 것이다.

관계에도 핏이 필요하다

아프면 병원을 찾아 의사 처방전을 받아 약을 먹고 상처에 바를 연고와 밴드를 산다. 그리고 상처에 따라 수술이 필요할 경우도 있다.

같은 사이즈의 옷도 사람의 체형에 따라 핏을 맞추는 수술, 다시 말해 바느질을 하게 된다. 가슴이 크거나 작거나 어깨가 넓거나 좁거나 하는 이유로 사람마다 체형에 맞추어 바느질로 공간을 줄이거나 확보하는 것이다. 가끔은 밋밋함을 채우기 위해 액세서리를 이용하기도 하고 핏에 따라 단추를 옮겨 달기도 하고 소매를 걷기도 하면서 연출을 한다.

이처럼 각자의 인생이라는 바디에도 사람마다 굴곡이 다를 것이다. 상처를 자주 받는 사람, 그 상처의 깊이가 얕거나 깊은 사람. 인생이 상처받았을 때 약도 바르고 밴드도

붙여줄 수만 있다면 얼마나 좋을까? 그럴 수 없기에 우린 상처를 받지 않기 위해 방어적인 행동을 하게 되는데 그 행동 때문에 더 상처받기도 한다. 옷은 실과 바늘, 가위만 있으면 수술이 가능하지만 사람의 마음 그렇지 않다.

사람에 의해 마음을 다치지 않으면 좋겠지만 그럴 수 없으니 상처를 받더라도 치유할 수 있는 방법을 찾아야 한다.

그러기 위해서는 사람과의 관계에도 핏이 필요할지 모른다.

똑딱이 단추

똑, 하면 열리고 딱, 하면 닫히는
똑딱이 단추는 두께와 모양이 다른
두 개의 단추가 있어야 단추로서 역할을 한다.
하나만 없어도 무용지물이 되는 단추다.

우리가 살고 있는 이 세상도
똑딱이 단추처럼 서로가 서로를 필요로 한다.

인생에서의 짝도
직장에서의 짝도
학교에서의 짝도

나와 찰떡궁합처럼 꼭 맞아야 즐겁다.

똑딱이 단추처럼 각자의 역할을 가지고

서로 맞춰지면서 인연이 시작되는 게 아닐까?

모두에게 착한 사람

착한 사람과 좋은 사람의 차이가 무엇이기에, 나를 알게 된 지 얼마 되지 않은 사람이 쉽게 단정 지으며 나를 '착한 사람은 아닌데 좋은 사람'이라고 얘기를 하는 걸까? 착한 사람의 기준과 좋은 사람의 기준이 궁금하다.

이 얘길 들었을 때 기분이 좋은 것도 아니고 그렇다고 나쁜 것도 아니기에, 뭐라 말을 하고 싶었지만 기준을 몰라 반문을 못 하고 웃음으로 넘겼다. 상황에 따라 내 감정을 표현한 것 때문에 나를 착한 사람이 아니고 좋은 사람이라고 말했던 것일까?

사회초년생이었을 때는 스타일리스트로서 모든 사람에게 친절하고 착한 행동으로 대하려고 노력했다. 스타일리스트는 항상 상대를 먼저 생각해야 한다는 직업 정신으로 말이다. 하지만 시간이 흐를수록 상대방을 배려하는 마음으로 제때 거절하지 못한 행동이 늘 내게 부탁하면 들어주는 사람으로 인식되는 경우가 많았다. 어렵게 거절을 하면 섭섭해하거나 실망스럽다는 표정으로 돌아오는 경우를 봤기 때문이다.

사회에서 착하다는 이미지는 상대가 나를 우습게 보거나 이용하려고 하는 것과 같은 생각이 든다. 슬프게도 이건 나의 경우이다. 모두가 그런 것은 아닐 게다.

하지만 모든 사람에게 착한 사람이고 싶진 않다. 나를 착한 사람으로 좋은 사람으로 바라봐 주는 사람들에게만 착한 사람으로 좋은 사람으로 남으면 된다.

상대방에게 들은 얘기로 기분이 좋지 않아 하루를 망치는 경우가 종종 있을 거야. 그렇다고 상대에게 따지기도 뭐한 그런 애매한 일 가끔 있지?

그럴 때는 말이야. 머리로 듣고 이해할 이야기와 가슴으로 듣고 공감할 이야기로 나누어 생각하면 상처 덜 받고 기분도 덜 상할 수 있어. 다른 사람들 때문에 너의 소중한 하루를 망치면 안 되니까.

겉과 속

커피 한 잔의 카페인으론 나의 피곤함을 깨울 수 없는 날이 있다. 그럴 때면 한 번씩 에너지 드링크의 힘을 빌린다.

언젠가 자료 조사를 위해 유튜브를 시청하던 중 어느 먹방 프로그램에서 에너지 드링크를 마시는 것을 보고 인터넷으로 바로 주문을 한 적이 있다. 그 에너지 드링크를 산 이유는 재미 혹은 신기함 때문이었다. 캔의 표면에는 빨간 배추김치 반 포기가 선명하게 그려져 있었다.

그전까지 내가 봐 온 에너지 드링크는 캔에 그려져 있는 이미지만 봐도 에너지를 얻을 수 있을 것만 같은 것들이었다. 그런데 이건 '이 회사는 재미만 주고 마케팅에 실패하고 싶어 이런 그림을 캔에 넣었나?' 하는 나의 호기심을 자극했다.

마셔 보고 싶다는 생각 대신 '도대체 무슨 생각으로 만들고 판매하는 거야?'라는 생각을 먼저 들게 하는 캔의 외관.

좋은 상품은 더 고급스럽게 포장하고 조금 부족한 상품도 어떤 스타일의 마케팅과 포장을 하느냐에 따라 매출의 증가와 감소를 책임질 텐데, 라는 생각이 들었다.

맛보다는 SNS에 글을 올릴 목적으로 사용하자는 생각과 함께 사람들에게 재미를 선물하고 싶어서 24개를 주문했다. 내가 사긴 했지만 보는 것으로 끝이 아니라 직접 마셔도 봐야 하니 눈을 질끈 감고 에너지 드링크를 벌컥벌컥 들이켰다.

그런데 반전이 있었다. 김치 에너지 드링크에서 스트로베리 맛이 난다. 알고 보니 김치 농축액은 0.001% 함유되었단다.

지인들에게 하나씩 건넸더니 캔의 표면을 보고 선물 거부 사태가 일어났다. 자신 있게 말하는데 겉모습에 놀라지 말고 드셔 봐라. 겉 포장에 겁먹고 거부할 맛이 아니다. 이런 설득 끝에 마셔본 사람들은 오, 하며 놀랐다. 그 반응들은 재미있다. 우선 캔 표면의 그림을 보고 놀라고 마신 후 그 맛에 놀라고 그리고 김치 농축액의 양에 놀란다.

이처럼 겉과 속이 다른 게 음료수뿐일까. 사람도 겉과 속이 한결같은 사람, 겉과 속이 다른 사람으로 구분되기도 한다. 나는 어떤 사람일까, 라는 의문을 던져보아도 될 것 같다.

옷을 예쁘게 입으려면 예쁜 옷을 돋보이도록 보여 줄 액세서리 고르는 방법도 알아야 한다. 방송에서는 옷을 착용한 사람을 돋보도록 핏을 잡아주는 방법도 함께 활용한다. 그래서 실크 핀과 옷핀도 필요하지만 마이크를 달기 위해 마이크 무게를 견딜 수 있는 허리에 채울 밴드도 필요하다. 특히 밴드는 원피스 입을 때 필요한데 방송용으로 출시된 밴드가 따로 없기 때문에 1미터 이상 되는 밴드를 구입해 스타일리스트마다의 노하우로 밴드의 길이를 정해 자른 후 사용한다. 조금 더 꼼꼼한 스타일리스트라면 바느질로 자른 부분의 올이 풀리지 않게 적당한 방법의 바느질 기법으로 꿰매 사용할 것이다.

이처럼 한 사람을 돋보이기 위해 많은 손길의 도움과 소품들을 사용한다. 하물며 내가 살아가야 하는 인생을 꾸미기 위해선 얼마나 더 많은 것들이 필요할까. 그렇다면 인생이 예쁜 진행형으로 가려면 과연 무엇이 필요할까.

나의 이야기를 진심으로 들어주고 조언도 아낌없이 해주는 사람, 나를 진심으로 응원해주는 사람, 나를 토닥토닥 위로해 줄 수 있는 사람, 이런 사람들이 곁에 있으면 아픔도 이겨낼 수 있고 슬픔도 덮을 수 있다. 물론, 나 또한 상대에게 이런 사람이 되어줄 수 있어야 할 것이다.

오늘도 삶의 현장으로

오늘도 어제와 같은 시간에 출근을 한다. 주차 공간이 부족하여 보통 주차장을 네 바퀴는 돌아야 주차를 할 수 있다. 좁은 공간을 빠져나오기 위해 숨을 들이마시고 몸을 옆으로 돌려 게걸음으로 차와 차 사이를 가르며 양손에 들고 있는 짐은 하늘로 번쩍 든다. 혹시 협찬 옷에 먼지라도 묻힐까 하는 염려 때문이다. 차에 스친 먼지는 그냥 먼지와 달라서 턴다고 털리지도 않지만 입지도 않은 옷을 세탁 맡기기엔 억울하단 생각이 든다.

백팩을 어깨에 메고 양손 가득 짐을 들고 씩씩한 걸음으로 한발 한발 나아간다. 카드를 찍고 회사에 들어서면 체온체크와 소독제로 소독을 하고 보도국으로 향한다. 엘리베이터에 사람이라도 많으면 짐이 많은 내가 민폐라도 될까 눈치를 보게 된다. 다행히 오늘은 엘리베이터에 사람이 없다.

긴 복도를 지나면서 양어깨는 아파오고 양손에 든 짐은 점점 바닥에 닿을 정도로 쳐져 있지만 안간힘으로 버티고 버텨 또다시 카드 찍고 의상실이 보이면 종종걸음을 빠르게 내딛는다. 의상실 문이 열리고 손에 있던 짐들을 의자에 거의 내동댕이치듯 던져 놓고 한숨 한 번 쉬면 나의 일과는 시작되는 것이다.

매일 반복되는 일, 반복해서 만나는 사람들이지만 매일 매일이 다르다. 아침을 똑같이 맞이하지만 서로 다른 느낌으로 출발하기 때문에 우린 서로를 존중하며 하루를 시작해야 한다.

서츠 왼쪽 어깨에 파운데이션, 가슴을 지나 배에 살짝 파운데이션, 흰색 셔츠에 파운데이션이 여기저기 묻어 있다. 뽀얀 셔츠, 그런데 이건 뭐지? 클렌징 티슈의 흔적이 남아 있다. 급한 마음에 클렌징 티슈로 지우려고 했나 보다. 슈트 재킷 안에 입으니 화면으로 보이진 않는다. 다행이라고 설명해야 할까? 저렴한 세탁소에 옷을 맡기면 얼룩은 그냥 남는다. 그렇다고 동네 일반 세탁소에 맡기기엔 자주 있는 일이다 보니 가격이 만만치 않다. 결국 셔츠 세탁은 고스란히 나의 몫으로 돌아온다.

파운데이션이 묻었을 경우 클렌징 티슈로 비비면 곤란하다. 비비면서 섬유에 색소가 배면 얼룩이 생길 확률이 높다. 파운데이션은 기름기를 머금고 있는 성분이기 때문에 따뜻한 물에 중성 세제를 희석하고 파운데이션이 묻은 부문에 중성 세제를 바르고 조심스럽게 비벼 세탁한 후 오염을 빼야 한다.

이처럼 차가움이 필요한 관계가 있고 따스함이 필요한 관계가 있다. 그리고 부드러움이 필요한 관계도 있을 것이다. 이성적인 냉정함을 가지고 관계적 거리두기가 필요할 때가 있을 것이다. 하지만 대부분의 관계는 가슴으로 느껴지는 따뜻함에 있다는 걸 잊지 말자.

동행

관계를 맺지 않으면 살아가기 어려운 사회 속에서 살아가고 있다. 가끔은 그 관계가 버거워 동굴로 숨고 싶을 때도 있다. 창문에 달린 암막 커튼을 꼼꼼히 치고 안방 침대에 널브러져 누워본다.

빛이 사라진 조용한 나만의 동굴.

긴장감이 적당히 풀리면서 몸은 나른해져 잠자기 정말 좋다. 하루는 세상 좋고, 이틀은 그냥저냥 그렇다. 그러다 삼 일째는 세상과 단절된 느낌이 들어 '내가 왜 나를 괴롭히는 것 같지?'라는 생각이 들기도 한다. 커튼을 다시 열고 창문을 열어 들이마시는 공기의 새로움. 관계에서 가장 가까이는 가족이고 좀 더 나아가면 친구, 좀 더 더 나아가면 직장 동료 정도 되려나?

관계를 맺기 위한 노력은 아니지만 자연스럽게 맺어질

관계를 위해 출근길에 올라본다. 차를 가져갈까를 고민하다 오늘은 걸어보기로 했다. 버스도 마다하고 집에서 횡단보도를 몇 개 지나 서강대교 위에 올라갔다. 차를 가지고 다닐 때 회사에서 집까지는 10분이면 충분하고 버스를 탈 경우엔 시간만 잘 맞추면 30~40분이면 충분하다. 하지만 오늘은 걷기로 했으니 운동화 끈도 잘 조여 매고 옷매무새도 정리해 본다.

이른 봄 한강 위 서강대교를 걷는 건 사실 모험이다. 서강대교는 길기도 길고 바람도 세차게 불어 나의 얼굴을 사정없이 때린다. 그렇다고 중간에 포기할 수도 없다. 잔뜩 겁먹은 채 나를 지켜줄 패딩을 걸쳐 입고 보란 듯이 서강대교 위에 올라섰다. 적당한 바람에 눈 부신 햇살이 나를 맞아주었다. 몇 발자국 걷다 보니 기분 좋아졌다. 세차게 나의 뺨을 때리던 바람마저 어느새 나를 위로하듯 부드러운 바람으로 바뀌어 나의 어깨를 토닥여주며 등을 밀어준다.

살랑살랑 부는 바람과 동행하고
햇빛에 반응하는 그림자와 동행하고
이젠 그대와 동행하고 싶다.

시 같지 않은 시

누군가 버리고 간 냅킨 위에
볼펜 집어 끄적끄적
몇 단어 적어본다.

그중에 가장 아름다운 단어는 '사랑'이며,
가장 소중한 단어는 '인생'이고,
가장 아픈 단어는 '너의 이름 석 자'였다.

누군가에겐

너는 누군가에겐
슈트처럼 멋스러운 사람이고

너는 누군가에겐
시폰 블라우스처럼 여리고 부드럽고
사랑스러운 사람일 거야.

풋사랑

어느 날 전화벨이 울렸다.

"여보세요?"

"○○이니?"

"네, 그런데요? 누구세요?"

"나 ○○○야. 오빠 기억하지?"

수화기를 들고 있던 나는 잠시 시간이 멈춘 듯했다.

그 사람을 알게 된 것은 오래전 일이다. 학원에서 공부하다가 저녁을 먹자는 선배 말에 따라갔다가 그 사람을 만났다. 그는 학교 선배로 나보다 2살 많았다.

내가 기억하는 선배는 키도 컸고 하얀 피부에 주근깨를 가지고 있었으며 운동을 좋아해서 폴로셔츠의 단추 두 개가 잠기지 않을 정도로 가슴이 벌어져 있었다. 그런 선배와

오빠, 동생 하며 잘 지냈다. 매일 학원에서 만나고 각자 집으로 돌아가면 유선 전화기를 잡고 시간 가는 줄 모르게 통화하는 친한 사이로 그리곤 든든한 남자친구로 발전했다. 그러다 그 선배는 군대를 갔다.

9개월이란 시간 동안 연락 두절된 선배를 난 이유도 모르고 무작정 전화기만 바라보며 혼자 힘들어했던 기억이 난다. 연락 없는 사람을 기다려야 하는 그 시간은 두려움으로 기억되었고 그 두려움에서 벗어날 때쯤 다시 연락이 온 것이다. 어떤 톤의 목소리로 전화를 받아야 할까. 잠시 망설이는 동안 휴가 나가서 보자는 전화 속 그 선배의 말에 한마디 반박도 못 하고 나는 네, 하고 대답을 했다.

전화를 끊고 선배가 나를 기억하고 있었다는 사실에 기쁘기도 했고 '도대체 날 뭘로 보는 거지.' 하는 생각에 화도 났다. 선배를 만나기로 한 그 날짜가 돌아오자 난 옷장에서 가장 나에게 잘 어울리는 옷을 차려입고 가방을 메고 내가 좋아하는 구두를 신고 또각또각 소리를 내며 카페 안으로 들어갔다.

창가에 앉아 있는 선배 모습을 보자마자 갑자기 심장이 터질 듯이 움직이는데……, 나 스스로 '아직도 이 사람을 좋아하고 있었구나.' 하고 알게 되었다.

그간에 있었던 이야기를 하며 미안하다는 말과 함께 제

대하면 빠른 시일 내에 결혼하자는 선배의 말에 수긍하며 나는 그 사람 앞에서 바보처럼 웃고 재잘거리다 집에 왔다.

그런 감정도 오래가지 못하고 그 선배 제대할 때쯤 다른 여자가 생겼다며 나에게 이별 통보를 했다. 노래 가사에 곧잘 나오는 가슴이 찢어지게 아프다는 말을 그 일로 이해하게 되었고 족히 1년은 눈물과 시간을 보낸 것 같다.

만난 시간에 그만큼을 더해야 그 사람을 잊을 수 있다고 한다는데 난 그 후로도 문득문득 선배 생각이 날 때면 소름이 돋곤 했다. 누군가를 사랑했다가 잊는다는 건 또 한 번의 인생을 사는 만큼 희로애락을 경험해야 무덤덤해진다는 걸 알게 되었다.

이유 없이 연락 없던 그때도 잘 견뎠는데, 다른 여자가 생겼다는 이유와 함께 얘기라도 해준 그 선배에게 화는 나지만 오히려 감사하자며 그 시간을 이겨냈다. 그 선배를 만나서 가슴이 아프다는 표현을 알게 되었고 고무신이 아닌 군화도 거꾸로 신는다는 걸 배웠다.

만난 시간에 그만큼을 더해야 그 사람을 잊을 수 있다. 그 선배를 잊기 위해 난 함께한 시간의 두 배가 되는 세월을 흘려보냈지만 아팠던 만큼 얻은 추억도 있기에 가끔은 꺼내 볼 수 있는 기회도 생긴 것이다.

그 겨울은 유독 추웠습니다

나무 앞으로 걸어오는 한 사람이 있습니다.
힘들어 보이는 그 사람을 위해 나무는
무엇이든 해 주고 싶었습니다.

봄엔 새싹과 꽃을 피워 희망을 주었습니다.
여름엔 무성한 잎으로 뜨거운 태양을 가려
그늘을 만들어 주었습니다.
가을엔 열매를 내주며 그 사람이
행복해하는 모습을 보았습니다.
나무는 그런 모습을 보며 행복했습니다.

그러던 나무는
겨울엔 줄 것이 눈꽃뿐이란 생각에

눈꽃을 아름답게 만들어 주었습니다.
하지만 그 사람은 나무를 베어
땔감을 만들어 떠났습니다.

그 겨울은 유독 추웠습니다.

기억할게

네 눈동자에 내가 담기듯

내 눈에 너를 곱게 담아

기억할게.

내 마음 감추려고
눈으로 말합니다.

내 마음 감추려고
입가에 미소만 짓습니다,

당신을 좋아하는
내 마음 감추려고
표정으로 이야기합니다.

파도

탐스런 하얀 꽃 피워
내게 밀어주기에
손 뻗어 마중했건만
너는
닿기도 전에
멀리 도망치듯 달아나버렸다.

나를 애태우는 사랑은
진정한 사랑이 아닐지도 모른다.

너무 아픈 사랑에
눈물
마음
에너지
모두 쏟아붓기엔
내가 아깝다.

꿈속

우연히 들른 꿈속 마을.

더듬더듬 한 발 한 발 내딛으며
걸어본다.

이리 기웃 저리 기웃
너의 숨결 찾아
너의 향기 찾아
걸어 보지만

어둠 속 넌 보이지 않고
애절함에 가슴만 태웠다.

사랑의 느낌

세상에서 가장 달콤하고

세상에서 가장 쓰기도 하고

세상에서 가장 따뜻했다가

세상에서 가장 차가운 것은

바로 사랑입니다.

문 열어 봐

내 가슴에는 사랑이 살고 있다.

가슴 뛰었던 사랑은
어느 날부터인가 문을 굳게 닫고
열지 않았다.

그렇게 사랑은 굳게 닫힌 문만
바라보고 있다.

문 열어 줄래?
숨지 말고.

가로등

뿌연 불빛 아래서
웃음 지으며 반겨주던
너는 어디 가고

흐르는 세월 맞은 늙은 가로등만
어두운 골목길을 지키고 있다.

그립다.
그립다.
가슴속 저 깊은 곳까지
사무치게 그립다.

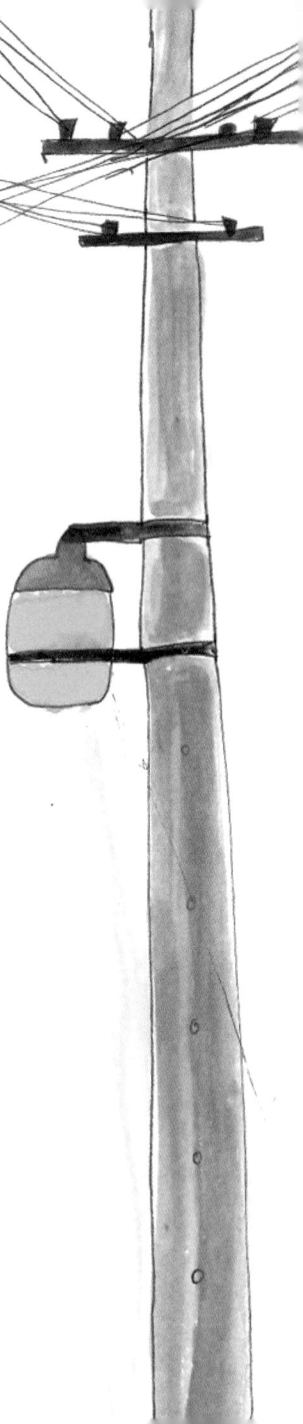

별

밤하늘 수놓았던
반짝이던 작은 별.

거친 세상 풍파에
하나 둘 사라진 지 오래되었지만

내 가슴에 자리한 너란 별은
고이고이 지키고 싶다.

진동

봄바람에 봄 내음이
가슴속 깊은 나의 심장에
진동을 보낸다.

봄바람에 꽃 내음이
코끝 가까이 찾아와
똑똑똑 노크한다.

봄바람에 몸을 맡기고
꽃잎들이 두리둥실
춤을 추듯 내려온다.

넌 대단한 존재였어

너는
이 세상이
선택한 사람이란 걸
잊지 마.

너는
그 사람이
선택한 단 하나의 사랑이란 걸
잊지 마.

4장

세상에서 가장 따뜻한 색

내가 가진 모든 것을

나누어줘도 아깝지 않을

나에게는 세상에서

가장 소중한 사람.

왜 차 위에 눈이 쌓여있는 걸까

어느 해 겨울, 창밖에 많은 눈이 내리고 있었다. 출근을 걱정하며 밖으로 나왔는데 하얀 눈을 뒤집어쓰고 있는 내 차를 발견했다. '뭐지? 내 차에 왜 눈이 쌓여 있지?' 투덜거리며 출근을 했다. 며칠 뒤 여동생 가족과 밥을 먹다가 내 차에 눈이 쌓여있는 게 신기해 여동생에게 주저리주저리 설명하고 있는데 동생이 말했다.

"언니, 어디 가서 그런 말 하지 마. 언니를 바보로 알 거야."

"왜?"

"그걸 몰랐어? 눈 오는 날 다른 차들은 다 눈이 쌓여 있잖아. 근데 왜 언니 차에만 쌓인 눈이 없었는지 그걸 모른 거야? 아빠가 그런 거라고, 아빠가."

여동생 가족은 1층에서 살았다. 눈이 오면 빗자루 소리가 자주 들려 창밖을 보면 시간에 상관없이 아빠가 잠을 설

치며 눈을 쓸고 계셨단다.

"아빠, 어차피 자꾸 내리는데 눈을 왜 쓸어? 얼른 들어가서 주무세요."

"쌓이면 눈 치우기 더 힘들어. 네 언니 차에 눈이 쌓여 얼면 출근하기 힘들잖니."

그랬다. 차 위에 눈이 얼면 내가 출근할 때 힘들까 봐 아빠는 잠을 포기하고 수시로 내 차 위에 쌓인 눈을 치우고 계셨던 거다. 눈이 쌓이지 않은 내 차를 신기하게 생각했어야 했는데, 이제 와 눈이 쌓여 있는 차를 신기하게 보고 있는 나는 그걸 지금까지 너무나 당연한 것으로 알고 있었다.

자식에게 말 대신 행동으로 사랑을 표현하고 계셨던 것을, 아빠를 하늘로 보내고서야 알게 됐다.

집에 아빠 친구들이 놀러 오셨다. 거실에서는 등산 이야기에서 시작한 대화가 자식 자랑으로 이어졌다. “우리 아들은 말이야! 좋은 회사에 다녀.” “우리 딸은 말이야. 시집을 잘 가서…….” 자랑이 끝나지 않았다. 자식 자랑 경연대회라도 열린 듯 다들 신나서 말씀하셨는데 그걸 가만히 듣던 아빠는 “우리 딸은 손재주가 좋아. 그림도 잘 그리고 요리도 잘해. 너희가 먹는 음식 우리 큰딸이 만든 거다.”라고 한마디 덧붙이셨다. 아저씨들은 “어, 맛있구먼!” 하고 예의상 답하셨다. 잘 다니던 회사도 그만두고 스타일리스트로 일하는 게 맘에 들지 않았던 아빠는 나를 자랑할 게 손재주뿐이었나 보다.

한 아저씨가 화장실을 찾아 방문을 열려고 하는 순간 아빠는 다급하게 아저씨를 향해 소리쳤다. “그 방은 열지 마.”

아빠는 그렇게 말하곤 좀 미안했는지 "그 방에는 도깨비가 살아."라고 우스갯소리를 하셨다. 아저씨들이 댁으로 돌아가시고 나는 아빠에게 물었다.

"아빠, 내 방에 도깨비가 산다고 했어?"

"도깨비들이 놀다 간 자리보다 더 너저분해서……. 아저씨들 보면 놀랄까 봐."

정리정돈을 잘하는 아빠에게 내 방은 도깨비들이 어질러놓은 방으로 인식되었던 것 같다. 그다음부터는 내 방은 도깨비 소굴로 불렸다. 그 도깨비 소굴에 내가 살고 있다. 가끔 도깨비 소굴이 정리되어 있는 걸 보면 누가 정리했는지 알 수 있다. 아빠는 이렇게 자식에 대한 사랑을 표현하고 계셨다.

bathroom

정리가 뭐예요?

우리 아빠의 정리벽은 엄청났다. '다른 사람들이 물건 찾기 편하라고 정리하는 거란다.' 일상생활의 규칙이라나 뭐라나. 그런데 그런 귀여운 매력이 있는 아빠는 가끔 너무 완벽하게 정리를 해놓은 나머지 당신이 정리해 둔 물건을 찾지 못할 때가 있다. 그런 걸 보면서 나는 아빠를 놀리곤 했다

"아빠. 난 아무리 어질러놔도 물건이 어디 있는지는 다 아는데, 아빠는 모르네?"

사실 그렇다. 회사 코디 사무실을 정리할 때 보면 난 아빠의 DNA를 무섭게 닮았다. 여러 사람이 함께 사용할 물건이라는 생각에 엄청나게 정리하고 닦는다. 물건마다 있어야 할 곳을 정해주면 찾아 쓰는 사람이 편하다는 걸 알고 있는 것이다. 제자리에 다시 갖다 놓으면 다음 사람도 편하게 쓸 수 있다.

그런데 신기하게도 회사에서는 정리벽 있는 사람처럼

정리를 잘하다가도 집에만 가면 '정리가 뭐야? 난 그런 거 몰라.' 하며 시치미를 뚝 뗐다. 왜냐하면 집에는 정리를 해 주는 사람이 있었기 때문이다. 늘 따라다니면서 자리를 정리해주던 아빠가 있었기에 우리 집은 늘 깔끔했다.

아빠의 빈자리는 컸다. 그리고 어느 날 엄마가 나에게 물었다.

"넌 누굴 닮아서 정리정돈이 안 되니?"

"아빠는 아닐 테고, 그럼 엄마네."

"어머, 얘가. 엄마의 정리정돈 실력은 네 아빠도 인정했어."

아빠가 엄마 곁에 있을 때까지는 그랬지. 주방도 아빠가 잘 정리해줬으니까 말이다. 하루는 청소기를 돌리고 무릎까지 꿇어가며 걸레질하는 엄마를 보고 "청소 지금 시작했구나? 같이 하자."라고 말했다. 엄마는 이제 다 끝나간다며 나의 도움을 거절했다. 난 알았다. 엄마도 아빠의 도움을 많이 받아오셨다는 걸.

그 후로도 여전히 집 안은 정신이 없다. 하지만 엄마에게 정리정돈을 못하냐는 질문은 던지지 않는다.

잊지 말자. 정리정돈이 잘 안 되는 사람의 주변이 깔끔하다는 건, 늘 곁에서 정리를 대신해 주는 사람이 있었다는 것을.

신은 있다

《TV는 사랑을 싣고》라는 프로그램을 할 때 지방 출장을 자주 다녔다. 한번은 겨울을 막 지난 언저리쯤 지방 출장이 잡혔다. 새벽에 출근을 하려는데 평상시와 다르게 엄마가 운전 조심히 하고 잘 다녀오라며 현관문까지 배웅해 주셨다. 보통 땐 새벽에 잘 일어나지도 못하는 분인데 말이다. 아마도 딸은 일하러 가는데 엄마는 제주도에 놀러 갈 예정이라 그게 미안해서 그러시는가 보다 했다.

의정부에서 출발해 담당 연예인이 사는 아파트에 내 차를 주차해 놓고 매니저가 운전하는 차에 타 한참을 달렸다. 고속도로에 진입했을 때 가수면 상태로 꿈 하나를 꾸었다.

갑자기 뿌연 물체 하나가 눈에 들어왔다. 이유는 알 수 없지만 그게 돌아가신 할아버지라는 느낌이 들었다.

할아버지는 나보고 "차에서 빨리 내려라, 아가."를 몇 번이고 되풀이하셨다. “할아버지 지금 내릴 수가 없어. 촬영 가야 해. 고속도로에서 어떻게 내려.”라며 나는 답했다. 그러자 할아버지와 마찬가지로 뿌옇게 보이는, 굉장히 많은 숫자의 군대를 이끌고 와서는 내가 타고 있는 차를 미셨다. 그런 꿈을 꾸다가 깼다.

눈을 뜬 나는 방금 꾼 꿈 얘기를 했고, 운전을 하던 매니저는 꿈 얘길 비웃더니 운전을 계속했다. 사실 그저 꿈일 뿐이고 듣는 입장에선 어처구니없다고 생각할 수 있기 때문에 그런 반응을 이해했다. 그리고 나는 다시 잠이 들었다.

고속도로를 벗어나 국도로 들어서는데 갑자기 빙판에 차가 돌면서 굴렀다. 눈을 떠보니 차는 전봇대에 부딪혀 멈춘 것 같았다. 간신히 차에서 빠져나와서 정신없는 중에 119에 전화를 했고 위치를 묻는 말에 모르겠다고 대답한 걸로 기억한다. 매니저는 쌍코피가 났지만 피는 멎었고 뒷좌석에 타고 있던 연예인은 괜찮은 듯 보였다. 어떻게 알고 왔는지 견인차는 벌써 우리가 타고 온 차량 뒤에 서 있었고, 앰뷸런스를 타고 병원으로 이송된 뒤 잠시 혼절했던 것으로 기억한다. 알고 보니 우리 차가 비틀비틀 운전했다고 한다. 매니저의 졸음운전이 사고의 원인으로 생각되었다.

다행히 많이 다친 사람은 없었다. 나의 앞니가 깨졌고 허리가 좀 불편했던 것과 매니저는 쌍코피, 연예인과 우린 모두 타박상 정도의 부상이 생겼다. 반면 차는 그 자리에서 폐차 선고를 받았다.

병원에 이송된 후, 누가 자꾸 이름을 불러서 깨어났다. 경찰, 의사, 방송 진행 PD가 와서 같은 질문을 했다는데, 그 와중에 답을 다 해주었다고 한다. 그리곤, 기억은 나지 않지만, 작가에게 꿈 얘길 하며 할아버지가 살려주신 것 같다고 말했다고 한다.

혹시 엄마가 걱정할까 봐, 나는 깨어나자마자 엄마에게 전화했다. 사고에 대해서는 모르고 계시는 눈치였고 엄마가 제주에서 즐겁게 놀고 계신 것을 확인하고 전화를 끊었다.

경찰 조사서를 쓸 때 알았다. 그 자리는 사고가 많은 자리고 사고 나면 100명 중 99명은 죽는 자리란다. 그런데 우린 세 명 모두 무사했고 많이 다친 사람도 없었다.

그 와중에 연예인과 나는 촬영을 무사히 마쳤다. 촬영이 끝난 후에 우린 촬영지가 있던 지방에서 앰뷸런스를 타고 대방동에 있는 성애병원까지 갔다. 팔과 어깨가 피범벅이 되어있었던 건 지금도 기억이 잘 나지 않는다. 며칠간 성애병원에서 치료받으면서도, 가족들에겐 일 때문에 집에 못 들어간다고 얘기했었다.

그 후 나는 며칠이 지나서야 집에 돌아갔고 내 모습을 보고 이야기를 들은 엄마와 아빠는 통곡하셨다. 예전에 엄마는 체력이 너무 약해서 아기를 갖지 못했었고, 장독대에 맑은 물 떠 놓고 100일 기도 올려 겨우 얻은 자식이 바로 나였다. 매일 잔소리만 들은 것 같은데 그 잔소리는 엄마와 아빠의 사랑 표현이었다. 지금은 웃으면서 그날 이야기를 할 수 있지만 그 당시엔 정말 죽음의 문턱까지 갈 뻔한 나를 살리려고 돌아가신 할아버지가 도와주신 것으로 결론 내렸다.

신은 있었다.

누가 나를 옮겨 놓았나

나는 웬만하면 침대에 누웠을 때의 머리 방향 그대로 일어나지만, 과거의 나에겐 많은 습관과 버릇 중 특이한 게 하나 있었다. 사실 나는 방바닥 생활을 많이 했다. 그 당시엔 침대가 드물기도 했고, 외국엔 방바닥이 차가워 침대 생활이 맞겠지만 따뜻한 온돌 문화를 가진 우린 예부터 이부자리를 깔고 자고 아침이면 하룻밤 묵은 먼지를 훌훌 털어 내면서 시작하는 문화를 가지고 있다. 그 덕분에 넓은 방이 곧 내 잠자리 공간이 된 것이다. 그래서 그런가, 예전엔 이부자리 밖을 넘어 항상 엉뚱한 곳에서 대자로 엎드려 자다가 눈을 뜨곤 했었다. 평범하게 잠에서 깨 본 적이 드물었다.

지금이야 TV를 벽에 걸거나 서랍장 위에 올려놓지만 그 시절에는 TV에 다리가 달려있었고 미닫이문도 있었다. 그러다 보니 눈을 떴을 때 TV 다리 밑에서 눈을 뜬 적도 여러 번이었고 수없이 머리를 박으면 일어났다.

어른들은 '시집가서 어쩌려고 잠버릇이 이렇게 험해서야…….'라고 하셨지만, 세 살 버릇 여든까지 간다는 말이 있듯이 나는 커서도 방을 휘젓고 다니며 잠을 잤다. 그 때문에 부모님은 내게 침대를 사주셨는데, 이때부터 증상이 시작된 것 같다. 넓게 쓰던 잠자리가 어느 날 축소가 됐다는 사실에 내 몸이 반응한 듯했다.

'누가 나를 옮겨놓았나?'

눈을 떠보면 침대 위 머리 방향이 바뀌어 있는 경우는 다반사였고 그것도 모자라 이불을 끌고 나와 잠든 곳이 참 다양하기도 했다. 거실과 욕실 문 앞은 기본이고 싱크대 밑에서 이불을 애벌레처럼 돌돌 말고 자다가 엄마를 놀라게 한 적도 여러 번이다.

그런데 오늘 본가에 와서 오랜만에 내 잠자리 공간을 넓게 쓰고 말았다. 고소한 냄새에 눈을 떠보니 엄마는 내가 좋아하는 미역국을 끓이고 계셨다. 거실에서 자다 깬 나는 물었다.

"엄마, 왜 안 깨웠어?"

"뭐, 이젠 익숙해. 근데 너는 꼭 멀쩡한 침대를 놔두고 돌아다니면서 자니? 힘들게."

내 나이 50년 만에 우리 엄마의 진심이 묻어나는 내 잠자리 질문을 받고 아침부터 웃음이 터졌다. 엄마와 나는 오늘 나의 잠버릇 이야기로 하루를 웃으며 시작한다. 이런 이야기를 주고받는 우리의 관계는 엄마와 딸이기도 하지만 가끔은 아주 오랜 친구가 되기도 한다.

고추장찌개

꾸리꾸리한 하늘을 쳐다보고 있자니 아빠랑 먹던 추억의 음식이 생각났다. 앞치마를 두르고 음식을 만들 생각에 아빠 생각이 더 간절하다. 입맛까지 닮은 부녀는 매운 음식 마니아였기 때문에 모든 음식에 청양고추를 송송 썰어 넣는 걸 참 좋아했다.

고추장 풀고 감자 썰어 넣고 호박도 썰어 넣고 파와 마늘, 식감을 위해 버섯도 조금 넣었다.

아빠와 함께였다면 더 맛있을 고추장찌개. 국물이 튀면서 앞치마에 붉은 점만 만들었다. 아빠와의 기억도 앞치마의 붉은 점처럼 지워지지 않아 다행이다.

언젠가 색이 바래듯 추억이 희미해질까 두렵다.

아빠가 떠난 날, 나는 바짓단을 줄이고 있었다

치열한 경쟁 속에서 살고 있고, 살아가는 중이다. 경쟁 상대는 다른 누군가이기도 하지만 나 자신하고도 싸울 때가 있다. 나 스스로가 때론 친구로, 때론 경쟁 상대로, 때론 그냥 나인 채로 살 수밖에 없다. 직업 특성상 다른 사람의 스케줄에 맞춰 살다 보니 내 스케줄은 잠시 미루고 산 것이 지금의 내가 되었다. 항상 나, 가족, 친구보다는 나의 일이 먼저였다. 조금은 후회스럽기까지 하다.

나 때문에 일에 지장을 주지 않기 위해 어금니 물어 가며 그렇게 열심히 살고 있다. 하지만 지금은 예전과 조금은 다르게 열심히 살고 있고 앞으로도 다르게 열심히 살려고 한다. 과거의 나처럼 '나'와 '가족'을 우선순위에서 배제하진 않을 거란 뜻이다.

동료 중 한 분이 내게 "뭐 때문에 그렇게 힘들게 열심히 사시는 거예요?"라고 물었었다. 그 질문을 받았을 때 나의 대답은 "그러게요."였다. 정말 바보 같은 대답이라 생각했다. 그렇게 남들이 인정하는 삶을 살았다고 자부한 내가 '열심히'란 말을 잘못 해석하고 살았던 게 아니었을까, 라는 생각마저 든다.

아빠가 허리를 다치셔서 큰 수술을 받으실 때도 나는 일하고 있었고 크고 작은 경조사 또한 일한다는 핑계로 참석한 게 없었다. 하물며 여동생 결혼식에도 일하다가 시간을 맞추지 못해 옷도 갈아입지 못하고 일하던 차림으로 예식장에 갔던 모습이 사진에 고스란히 남아있다.

그중 가장 큰 후회는 아빠의 임종을 코앞에 두고 "아빠! 방송에서 쓸 바짓단 다섯 개만 줄이고 올 테니까, 이따 봐요."라고 말하고 잡았던 아빠의 손을 뒤로 한 채 집에 왔던 일이다. 마지막 바짓단을 마무리하고 바지를 옷걸이에 거는데 전화벨이 울렸다. 전화기 뒤로 아빠의 임종 소식을 들은 것이다. 그 일이 뭐가 그렇게 대단히 중요하다고. 그땐 왜 그랬을까?

병원 침대에서 돌아가신 아빠를 보며 우두커니 서 있는데 의사 선생님께서, 귀가 가장 늦게 닫히니 하실 말씀 있으시면 지금이 기회라고 말씀해주셨다.

"아빠의 딸이어서 재밌었고 힘든 세상 사시느라고 고생했어. 부처님 곁에 먼저 가서 편히 쉬고 계셔요. 아빠, 고마워. 그리고 못된 딸이라서 미안해."

나는 이렇게 아빠를 먼 곳으로 보내드렸다. 그때 부끄럽지 않은 아빠의 딸로 살아보자고 결심했다.

나의 인생의 모토가 되는 글은 "세상의 '빚'이 아닌 '빛'이 되어보자."이다. 보통 사람으로 태어나 이름을 남길 수 있는 곳을 찾다 보니 문득 국회 도서관을 생각해냈다. 논문이 유일하게 내 이름을 남길 수 있기에 공부를 다시 시작하게 되었고 석사를 시작으로 현재는 박사 논문을 향해 가고 있다. 남들이 보면 웃을지도 모른다.

하지만 난 정말 최선을 다하며 살고 있다. 그리고 지금도 진행형이다.

다리미로 인생도 펼 수 있다면

나는 하루에 최소 6~8장의 흰색 와이셔츠를 다림질한다. 나를 위한 것은 당연히 아니고 앵커나 기자, 출연자를 위한 다림질이다. 다리미판에 셔츠를 올려놓은 다음 스프레이로 칙칙 물을 뿌려 촉촉해진 셔츠 위에 열을 머금다 못해 폭발 직전인 다리미를 갖다 대면 뜨거운 열기와 함께 올라오는 냄새. 그리고 칙칙 소리만으로도 행복하다. 깨끗하게 잘 다려진 셔츠를 탁탁 털어 옷걸이에 걸어 놓으면 참 예쁘다.

다른 사람을 위한 와이셔츠는 이렇게 꼼꼼히 다려 입히면서 정작 아빠의 셔츠는 단 한 번도 다림질을 해 본 적이 없다. 오히려 아빠가 나의 셔츠나 해양소년단 단복을 칼주름으로 다려 주셨을 때 너무 당연한 것으로 알았다. 당연히 아빠니까, 란 생각으로 아빠가 계시지 않은 지금에서야 후회를 한다.

이런 후회가 많아서일까? 와이셔츠를 다림질하면서 가끔 그런 생각을 해본다. 인생에서 구깃구깃 구겨진 곳이 있다면 이렇게 다림질로 펼 수 있는 기회가 있었으면 하고 말이다.

부모님께 잘못했던 일, 동생들에게 언니, 누나로서 모자랐던 일, 혹시 친구들이 나 때문에 상처받았던 일이 있다면 구석구석을 꼼꼼히 다림질해서 잘 펴보고 싶다.

69세의 나이로 세상을 떠나신 아빠의 제사가 한 달 남짓 남았다.

선산에 사시사철 푸르른 나무 밑에 아빠를 수목장으로 모셔 놓고 집에 오는 날에도 오늘처럼 하늘은 높고 청명했다. 어린 나이에 전쟁을 경험하셨고 군 생활 중 다친 한쪽 눈은 그 당시에 말도 못 해 제대로 치료도 못 받으시다가 결국 실명하셨다. 난 전쟁 세대가 아니라서 사실 몸으로 와 닿지는 않기 때문에 뭐라 말할 수는 없다. 전쟁을 겪은 아빠는 어린 시절이 분명 힘들었을 것이다. 그것도 모자라 일하다 다친 허리로 평생 고통 속에서 사셨다. 의학 기술의 발전으로 두 번이나 수술을 받으셨지만 아빠의 허리는 아픔을 지나 버티기 힘든 고통을 안겨주었고 세상을 떠나시면서 육체의 고통도 사라지셨을 것이다.

지금 살아 계셨다면 여든둘이다. 맛있는 음식도 드시면서 좋은 곳 여행하시기 딱 좋은 나이다.

앵커의 목에 넥타이를 매면서 문득 아빠 생각이 들었다. 나의 유일한 술친구가 되어주셨을 아빠의 목에 넥타이 한 번 예쁘게 매어 드린 적이 없다. 오늘처럼 청명한 날에는 떠난 아빠의 목에 넥타이를 한 번도 매어 드리지도 못한 것에 대한 아쉬움이 남는다. 연세가 드시면서 넥타이를 매야 할 날들이 적었지만 아빠는 진짜 멋을 아는 분이었다. 향수도 좋아하셨고 화장품의 향을 즐기는 분이었다.

더욱 기가 막힌 이야기는 엄마와 첫 만남에 아빠는 얼굴에 뽀얀 분을 바르고 나오셨고 그 모습에 엄마는 기겁했다는 것이다. 예전에는 중매하는 분이 서로의 사진을 받아 양가에 미리 사진을 보여줬기 때문에 아빠는 알고 계셨을 것이다. 엄마가 예뻤다는 사실을 말이다. 지금은 남자들의 화장한 모습이 자연스럽지만 55년 전 보통의 남자들이 여자에게 잘 보이자고 얼굴에 분을 바르지는 않았다. 그 사건은 아빠가 엄마에게 잘 보이고 싶었던 마음이 커서 생긴 일로 마무리됐고 어쨌든 엄마와 결혼을 하셨고 평생을 서로 의지하셨다.

맞선 자리에 화장하고 참석한 아빠를 엄마는 신기하다

고 생각했겠지만 나는 아빠를 이해할 수 있다. 일하면서 그을린 얼굴을 처음 보는 사람에게 보여주고 싶지 않았을 아빠를 생각해 본다. 아빠만의 그런 스타일이 예쁘고 부지런하고 심성 착한 엄마를 맞을 수 있었던 것으로 생각하고 싶다.

우리는 여행자

우리는 모두 세상을 여행하는 여행자이다. 세상에 와서 100년을 여행하는 분도 있고 우리 아빠처럼 69년의 여행을 하신 분도 있을 것이다. 아마 그보다 더 짧게 여행하는 분도 있을 것이다.

우리 아빠는 세상을 여행하던 중 갑자기 찾아온 뇌종양 진단받으시고 1년 조금 넘게 여행자로 사시다 홀연히 제자리 찾아 떠나셨다. 떠나시기 전에 가족들에게 남기신 말씀이 있다.

"먼저 가서 넓은 집 지어 놓고 기다릴 테니, 놀 만큼 놀다 와."

생전에도 시집간 동생 가족들마저 모여서 살 수 있도록 3층 집을 지어 놓으시더니 그곳에서도 같이 모여서 살자고 하신다.

여행의 하루하루가 선물인 것처럼 느껴진다. 선물 같은

하루를 어떻게 사용할지는 각자의 몫. 나도 여행을 마칠 때쯤 아빠처럼 내 주변 사람들에게 여유롭게 얘기할 수 있었으면 한다.

"재밌게 여행했다. 또 보자!"라고 말이다.

하루하루 살다 보니 살아지더라

새벽 2시, 엄마에게 전화를 했다. 자존심에 상처를 받고 마땅히 전화할 사람이 없었다. 수화기 너머에 엄마는 잠에서 깨 놀란 목소리였다.

"엄마?"

"그래. 무슨 일이니?"

막상 엄마 목소리 들으니 아무런 말을 할 수 없었다.

"아니, 그냥."

'그냥'이란 단어의 의미는 여러 가지 있을 테지만, 오늘은 그저 내 편을 찾고 싶다는 의미였다. 엄마가 다시 묻는다.

"무슨 일인데?"

"엄마? 엄마는 이렇게 험난한 세상을 어떻게 산 거야?"

느닷없는 내 질문에 망설임 없이 엄마는 대답하셨다.

"너희들 자라는 것 보고, 입히고, 먹이고, 가르쳐야 하니까. 하루하루 열심히 살다 보니 지금까지 살아졌네. 왜? 힘든 일 있니?"

그 말에 목이 메고 참았던 눈물이 또 울컥했다.

"사실은……. 아니야, 엄마. 지나면 별일 아닐 텐데. 그냥 자존심도 상하고 화도 나고 해서."

수화기 저편에 엄마가 말씀하신다.

"큰딸 너무 애쓰지 마. 살아보니 그렇더구나. 울지 말고 어서 자."

"알았어. 엄마 주무세요."

이 새벽에 위로받을 수 있는 사람이 엄마여서 좋고, 엄마라서 미안했다. 결국 위로만 받고 엄마한테 사랑한다는 말도 못 하고 전화를 끊었다. 살면서 매일 웃을 수 있는 일은 없다. 그래서 위로받고 싶을 때 확실한 내 편은 역시 엄마였다.

잘하자, 엄마한테.

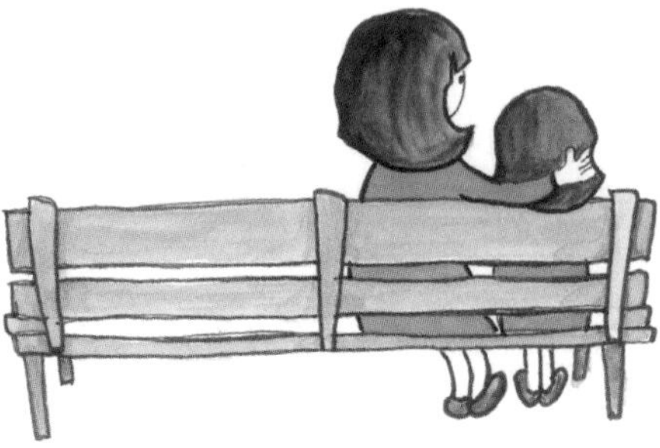

아빠는 아이스크림을 좋아해

달달하면서 시원한 아이스크림을 싫어하는 사람 있을까? 여름엔 시원하게 겨울엔 더 시원하게 먹는 게 아이스크림이다. 어릴 때 손에 들고 먹던 콘 아이스크림이 녹기 시작해 흘러내리면 입이 먼저 마중 나가곤 했다. 어른이 되어 손에 들고 먹는 콘 아이스크림은 녹기도 전에 사라지곤 했다. 참 아쉽다.

그런데 이제 나이가 들어 아이스크림을 먹으려니 다 먹기도 전에 녹아내리는 경우가 생긴다. 이가 시려 한참을 입에 머물다 삼켜야 하기에 콘 속에 있는 아이스크림이 녹고 있는 것이다. 지금은 컵 아이스크림으로 선택해서 먹으면 되지만, 우리 부모님 세대에는 막대 아이스크림이나 콘 아이스크림뿐이었다.

어느 여름날 아빠는 냉동실에서 콘 아이스크림을 꺼내

한쪽을 잡아 돌돌 말린 껍질을 뜯고 뚜껑을 오픈하셨다. 그러더니 이게 무슨 상황이람. 갑자기 가스레인지를 점화하고 냄비에 아이스크림을 넣고 녹이는 게 아닌가.

"아빠 뭐해? 아이스크림을 왜 데워요?"

나는 아빠가 어디 아프신 건가, 하고 정말 진심으로 놀랐다.

"이가 시려서" 아빠의 대답이다.

"녹여서 드실 거면 아이스크림을 왜 먹어?"

"너도 언젠가 이해할 날이 오겠지."

혼잣말하시며 녹인 아이스크림을 아이처럼 행복하게 드시는 아빠가 정말 이해되지 않았다. 그런데 이제 나는 그 일을 백번도 이해하는 나이가 되었다. 아이스크림만의 달달함을 알기에 마음껏 즐기고 싶은데 이가 시리고 잇몸이 받쳐주지 않았던 아빠를, 아빠는 그 맛을 알기에 못 참았던 거다.

젊어서는 아무렇지 않았던 것들이 어느 날부터인가 불편해질 때 참 서글퍼진다는 사실을 깨달은 나, 그때 철없이 아빠에게 던졌던 말에 죄송함을 느낀다.

아이스크림의 고정관념을 버리자.

수저로 꼭 떠서 먹어야 해?

노.

입으로 베어 먹어야 해?

노.

마시면 어때서?

내 맘대로 아이스크림.

아빠는 아이스크림을 마시면서 행복하셨던 것 같다.

아빠, 안녕

지금은 저 높은 하늘에 별이 되어 있는 아빠. 명절이나 제사가 끝나면 가족끼리 둘러앉혀 놓고 어린 우리들에게도 술을 한 잔씩 권하셨다. 그런 자리가 1년이면 4번. 그래서 나와 내 동생들은 자연스럽게 아빠에게 술을 배우게 되었고 나는 사회생활 할 때 도움이 되었다고 자랑스럽게 얘기하곤 한다.

술을 마실 때, 이런저런 얘기를 하다가도 아빠는 매번 이런 말씀을 하셨다.

"나 죽으면 산소 쓰지 말고 수목장 해다오."

"아빠, 왜?"

"비좁은 대한민국 땅에 죽어서까지 묻히면 너희가 쓸 땅이 없을까 봐."

이런 얘기로 언젠가 빈자리가 될 아빠의 자리와 죽음을

자연스럽게 미리 우리에게 상기시켜 주신 듯했다. 지금 생각해보면 말이다.

그래서일까. 69세의 아빠가 하늘로 떠나신 날, 우린 장례식장에서 당연한 듯 아빠가 원하셨던 대로 적당한 가격의 아빠가 누워계실 관을 예약하고 아빠가 마지막으로 입으실 수의를 고르고 장식으로 꾸밀 꽃도 소박하게 준비했다. 짠돌이 아빠였고 너무 소박하다 못해 가끔 길에서 아빠를 마주칠 때면 아빠를 불러야 하나, 말아야 하나, 고민한 적도 있을 정도였다.

그 당시만 해도 조금 부끄러웠지만 지금 생각해 보면 아빠의 말이 옳았던 것 같다.

"죽는 날 남들한테 잘 보이자고 화려하게 하니? 그러지 마라."라고 말하던 아빠. 소박하게 살던 아빠의 마지막 길을 나는 소박하게 장식했다. 아빠를 염하는 모습을 보고 나도 알았다. 정말 가져갈 수 있는 게 없구나. 그렇게 짠돌이로 살면서 재산을 모았던 아빠도 정작 가실 때는 집문서, 땅문서도 아닌 고작 10원짜리 몇 개로 노잣돈을 하셨다. 그래서 나는 아빠의 모습을 보고 고민했다.

그 후부터 나는 사람들에게 종종 죽을 때 무얼 가져가고 싶은지 묻곤 했다. 얼마 전 화실에서 그림을 그리다 같이 있던 선생님들에게 질문했던 기억이 난다. 갑자기 그런 질문을 왜 하느냐는 반응들을 보였지만, 결국 대답과 함께 나에게도 같은 질문을 던졌다.

박사학위증을 받아, 세상에 왔다 갔다는 사실을 논문에 실린 이름으로나마 남기고 나중에 내가 죽어 관에 들어갈 때 박사학위증 하나 가져가겠노라 대답했다.

나이가 들어가니 죽음이란 걸 생각하게 된다. 죽으면 사라질 몸이지만 그래도 쓰임새 있게 쓰이라고 인체조직기증서에 사인도 했다. 그게 벌써 5년 전 일이다.

마지막 사는 날까지 착하게 살다가 좋은 일 하고 갈게요.

아빠, 안녕.

술 한 잔에 인생 안주

가만히 앉아 있어도 얼굴에 땀이 송송 맺히는 습하고 더운 어느 여름날. 아침부터 부산스럽게 일어나 세탁기에 빨래 돌리고 청소기로 요란스럽게 청소하고 걸레를 빨아서 요기조기 쓱쓱 닦으면서 뿌듯해했다. 얼굴 전체에 땀이 맺힌 나를 본 순간 엄마가 생각났다.

땀이 많지 않았던 엄마도 언제부턴가 집안일을 할 때 땀으로 샤워를 하고 계셨다. 그때는 잘 몰랐다. 엄마가 땀을 왜 그렇게 많이 흘리는지. 엄마의 나이가 되고 보니 자연스럽게 오는 현상인 걸 알았다. 우리와 눈이 마주치면 엄마는 "왜 이렇게 땀이 나니?"라며 멋쩍은 듯 말씀하셨다.

결혼하고 자식 셋을 낳아 기르고 약한 몸으로 평생 집 안팎으로 일하셨으니 지금의 나보다 더 기력이 쇠하셨고 갱년기로 고생하고 계셨던 것이다. 그땐 엄마는 늘 강한 분인

줄만 알고 있었다. 늙고 주름진 얼굴에 팔다리 가늘어진 엄마를 보고 있자니 가슴이 먹먹하다.

이럴 땐 술 한 잔 따르고 엄마에게 듣는 인생 이야기보따리 열어 안주 삼아 잔을 부딪쳐 보자!

까짓것, 인생도 부딪쳐 보자!

엄마, 나한테 왜 그랬어?

몇 년 전 엄마에게 처음으로 대들고 엉엉거리며 목을 놓아 운 적이 있다. 분명 나름 열심히는 살고 있는데 결과물이 만족스럽지 않다는 이유에서였다. 이 모든 것이 엄마의 주문 탓인 양 처음으로 목소리를 크게 내봤다.

엄마는 항상 "우리 큰딸은 큰딸이 하고 싶은 것 하면서 살았으면 좋겠고, 작은딸은 착한 신랑 만나 그 그늘 밑에서 살았으면 좋겠다."는 말씀을 주문 걸듯이 입버릇처럼 하셨다.

내가 어릴 때는 이해할 수 없었고, 이해할 나이가 되었을 때는 그저 엄마의 혼잣말로만 생각했다. 그리고 지금, 엄마의 혼잣말대로 나는 아직도 싱글로 일하면서 살고 있고 내 여동생은 착한 제부를 만나 귀여운 조카 셋을 낳아 키우면서 살고 있다.

우리 가족은 평상시 가족들끼리 사이가 좋아 위층 아래

층에 살면서도 트러블 없이 지내고 있다. 그러던 어느 날 엄마는 "○○네 가족은 어젯밤에 자기들끼리 맛있는 것 먹고 왔다네."라고 말했다. 그 말을 듣는 순간 나도 모르게 가슴속 깊은 곳에서 무언가 치고 올라오는 게 느껴졌다.

"엄마는 작은딸은 가족을 만들 수 있게 소원 빌듯 말해주면서 왜 나한테는 네가 하고픈 일 하면서 살라고 주문을 외웠어?"

나는 엄마에게 물었다. 서럽게 울면서 따져 묻는 내게 엄마는 "큰딸은 사막에 나둬도 살아갈 수 있을 것 같으니까." 라고 하셨다. 그 말씀은 하지 말았어야 했다. 나도 사랑받으면서 동생네처럼 가족을 만들어 알콩달콩 살고 싶었는데 엄마가 걸어 놓은 주문 때문에 내가 아직 혼자인 듯했고 일만 하고 있는 것 같아서 온 동네가 떠날 듯이 울었다.

사실 나보다 나를 잘 아는 사람은 나를 키워준 엄마일 것이다. 엄마의 주문은 욕심 많은 내가 나 자신을 위해 살아주길 바라는 마음에서 나왔을 것이다. 결국 나는 엄마에게 미안하다는 대답을 듣고서야 눈물을 멈췄다.

내가 엄마의 나이가 되어보니 이제 조금 알 것 같지만, 그래도 그 말씀 끝에 "네가 좋아하는 일 하면서 너의 삶을 이해해 줄 사람 만나서 살아다오."라고 해주셨다면 좋았을 텐데 말이다. 지금도 그 주문은 유효한지 아직도 나는 혼자 있다.

이젠 엄마가 걸어 놓은 주문을 풀고 스스로 나에게 주문을 걸어 보아야 할 때이다.

소중한 사람

나에겐 세 살 아래 여동생과 다섯 살 아래 남동생이 있다. 어려서는 한 명이 잘못하면 셋이 나란히 서서 벌을 받고, 매도 똑같이 맞았다. 내가 잘못하면 큰언니가 동생들한테 모범이 못 되었다며 꾸중을 들었고 동생이 잘못하면 언니가 돼서 동생들 잘못 가르쳤다고 꾸중을 들었다.

이래도 저래도 우리 셋은 꾸중 들을 때는 항상 함께했다. 형제애는 여기부터 조금씩 자란 것 같다. 우리 삼 남매 중 한 명이라도 부모님께 꾸중 들어야 할 일이 생기면 누가 잘못한 게 문제가 아니라 잘못한 일을 어떻게 해결할 것인가를 이야기하게 되면서 서로를 챙기고 보듬게 된 것 같다.

그뿐만 아니라 엄마와 아빠는 항상 동생들을 앉혀 놓고 "엄마, 아빠가 없을 때는 언니가 엄마, 아빠 대신이다. 그러니 큰언니 말 잘 들어라."라고 늘 말씀하셨다.

그래서일까? 나는 다른 복은 몰라도 동생들 복은 있다. 나를 지지하고 늘 챙겨주는 동생들 덕에 산다. 어렸을 때는 동생들보다 친구들이 좋아 가족보다 항상 친구들이 먼저였다. 나이가 한 살 한 살 들어가면서야 피를 나눈 형제가 좋구나, 라는 걸 새삼 느낀다. 학교와 회사 때문에 잠시 의정부를 떠나 서울에 살고 있는 나를 위해 여동생은 매번 맛있는 반찬이며 건강한 먹거리를 만들어 전화한다.

"언니 이번 주말에 올 수 있어? 반찬 몇 가지 이것저것 만들어 놨으니 가져가."

마음이 정말 예쁘고 고맙다. 반찬이야 반찬 가게에서 사서 먹어도 되지만 동생이 워낙 솜씨가 좋아 나는 동생 음식을 좋아한다. 냉장고에 늘 떨어지지 않게 챙겨주는 동생 덕분에 밥만 있으면 건강한 밥상을 뚝딱 차려서 먹을 수 있다.

동생 옷을 빼앗아 입고 다니고 집보다 밖이 좋아 돌아다닌 언니 덕에 어려서부터 엄마를 도와 집안일을 혼자 다 했던 동생이었다. 남동생이 군대 갔을 때도 매주 음식을 만들어 군에 면회를 갔을 정도로 여동생은 나와 막둥이 남동생을 챙기기 바빴다. 결혼해서 자식 셋을 둔 애들 엄마가 되었지만 결혼 안 한 언니와 막둥이 남동생, 그리고 엄마까지 챙기는 내 동생.

새벽 다섯 시면 일어나 밥을 해 제부에게 아침상을 차려 주고 먹여 출근시키고, 애들 한 명 한 명 깨워 아침밥 챙겨 가며 등교시킨다. 집안일을 하다가도 아이들이 하교하면 학원 등원시키고 집에 돌아온 아이들과 제부까지 케어하며 온종일 가족을 건강하게 챙기는 동생을 보면서, 나라면 정말 할 수 없었을 거라는 생각이 든다.

동생도 같이 나이가 들어가고 있어 아픈 곳도 하나둘 늘어나지만 가족을 챙기는 마음은 늙지도 않고 한결같다. 아빠가 돌아가시고 남은 엄마마저 돌아가시면 이 세상에 남는 것은 우리 삼 남매와 여동생이 일군 가족뿐이란 생각에 가슴 한구석이 짠해진다.

어려서는 동생들을 챙기지도 못한 언니였고 누나였지만, 나이가 들면서 더욱 진한 삼 남매의 맏이로 함께 살고 싶다.

누구에게나 옆에 있는 사람이 소중한 사람이라고 정답인 양 답할 수는 없다. 내가 가진 모든 것을 나누어줘도 아깝지 않을 두 동생이 나에게는 세상에서 가장 소중한 사람이다.

재주꾼 가족

우리 엄마, 아빠는 손재주가 정말 뛰어났다. 내가 기억하는 아빠는, 옥상에서 뚝딱뚝딱 하고 나면 실생활에 사용할 수 있는 것들을 마구마구 만들었다. 하루는 옥상에 돗자리를 깔고 별을 바라보고 있는데 아빠가 올라오시더니 딱딱한 찬 바닥에 누워있으면 몸에 한기가 든다며 잔소리를 하셨다. 그 당시는 그 잔소리가 싫어서 듣는 둥 마는 둥 하며 있었다.

며칠간 아빠는 옥상에서 쓱싹쓱싹, 탁 탁 탁 소리를 만들어 내셨다. 그렇게 며칠 고생한 끝에 아빠는 평상을 만들어 내셨다. 찬 바닥에 누워 있던 자식을 위해 아빠가 해줄 수 있는 것을 찾아내고 만들고 계셨던 것이다.

유난히 화초를 좋아하신 아빠는 깨진 항아리도 그냥 버리지 않으셨다. 흙을 넣고 나무를 심어 열매를 맺는 걸 보셨고 여름이면 옥상이 초록색으로 변해 있었다. 방울토마토, 깻잎, 고추, 상추가 자랐다. 평상에 앉아 있으며 채소를 따고 씻어서 즉석에서 바비큐 파티를 하곤 했다. 아빠가 돌아가시고 지금의 옥상은 덩그러니 평상만 자리하고 있다.

그에 반해 엄마는 식물을 키우는 데에 소질이 없으셨다. 하지만 내가 어릴 때 엄마는 케이크를 만들어 여기저기 선물하는 걸 좋아하셨고 그 덕분에 학교 선생님들은 내게 엄마의 케이크를 부탁하곤 하셨다. 그뿐이 아니다. 내가 초등학교 다닐 때는 직접 원피스를 만들어 입혀 주시곤 했는데 그때는 아이들과 다른 스타일이 너무 싫어서 엄마에게 옷을 사달라고 떼를 썼던 기억도 난다.

지금도 기억난다. 예쁜 하늘색의 원피스였는데 아이들과 노는데 거추장스러워 원피스를 벗어버리고 놀다가 그만 벗어놓은 원피스를 잊어버리고 그냥 집에 들어왔었다. 어린 여자아이가 옷을 벗고 들어왔으니 엄마와 아빠가 얼마나 놀라셨을지 지금 생각해 보면 이해가 되지만, 그 당시에 나는 엄마와 아빠가 왜 그리 당황하셨고 화를 내셨는지 이해를 못 했었다.

난 단지 옷이 불편해서 벗어버리고 재밌게 놀았던 것뿐이었다. 그리고 즐겁게 놀다가 옷을 두고 집에 오게 되었고 옷을 잃어버린 것인데 엄마는 나를 엄청 혼내셨다. 선머슴 같은 내가 걱정스러웠던 마음에 그러셨겠지만 나는 예쁜 옷이 필요했던 게 아니었다. 친구들과 고무줄놀이할 때 편했으면 좋겠고, 사방치기 할 때 걸리적거리지 않았으면 좋겠고, 구슬치기할 때 흙이 묻어도 될 옷이면 좋겠다는 생각을 했다. 예쁜 옷에 빨간 구두는 친구들과 노는 데에 늘 불편했기 때문이다.

솜씨 좋은 엄마의 예쁜 옷만 입고 예쁘게만 자랐다면 지금의 나는 어떤 일을 하고 있었을까? 지루했던 오늘 옛 추억을 들추어보며 행복한 상상 속을 걸어 본다.

5장

내 일은 컬러풀

우리는 살면서 각자
인생의 컬러를 만들고 있다는 것을
잊으면 안 된다.

내 삶의 가치는 내 손으로

'나는 왜 키가 작을까?'

'왜 날씬하지 않지?'

'왜 예쁜 얼굴이 아니지?'

'이런 내 모습으로 무엇을 할 수 있지?'

거울을 마주할 때 나는 이런 내 몸에 화가 나고, 동시에 이런 생각을 하고 있는 내 모습에 실망도 했다. 디자이너가 되고 싶었던 적이 있으나 피팅이 안 돼서 디자이너가 될 수 없다는 말도 들었다.

"선배님, 제가 키가 작아 피팅이 안 돼서 디자이너 되기는 힘들다고 하네요?"

"그럼 스타일리스트 해 보는 거 어때?"

선배에게 조언을 받아 이 일을 선택했다. 옷의 무게와 오랜 근무 시간에서 오는 피곤함으로 육체는 힘들었고 사람들과의 관계에서 오는 정신적인 피로감이 나를 지치게 만들지만 내가 좋아하는 일을 할 수 있어 감사하며 살았다.

그러다가 떠난 어느 여행지에서 개에게 입술을 물리는 사고를 당해 나에게 다시 좌절이 찾아왔다. 못나게 바뀐 입술. 그리고 전처럼 입술을 움직이려 하면 발음이 제대로 되지 않는 문제가 생기면서 이 일은 일생일대의 큰 사건으로 다가왔다. 화장을 해도 내 눈에는 입술만 보이고, 사람들이 내 입술만 쳐다보는 것 같았다.

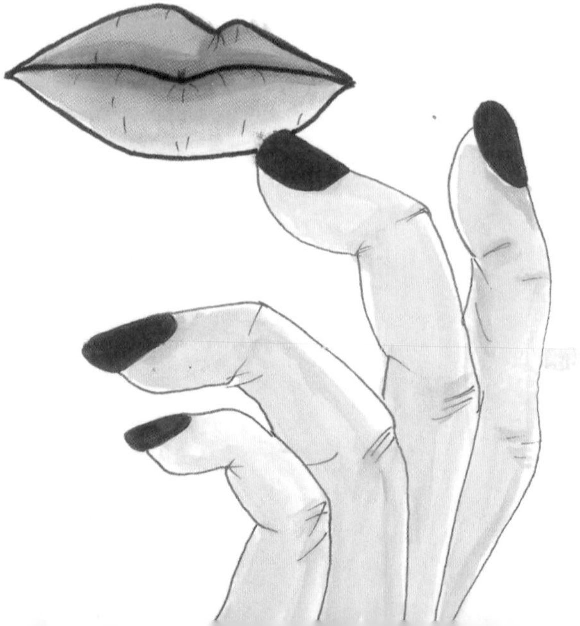

키가 작아서, 날씬하지 않아서, 예쁘지 않아서, 개한테 물려 입술에 흉터를 안고 살아가서, 그래서 많이 부족할 수 있는 나이지만, 다른 사람의 외모를 아름답게 꾸며주는 일로 나는 내 인생을 아름답게 꾸며봐야겠다는 생각으로 살고 있다.

내 삶은 그만한 가치가 있을 거란 믿음으로 말이다.

뜻밖의 호사

일요일 새벽에 갑자기 눈을 떴다. 일요일 아침 방송에 착용할 의상을 꺼내놓고 넥타이 세팅은 미처 못 한 채 집으로 왔다는 생각을 자다가 떠올린 것이다. 난 꿈에서도 자주 일을 한다.

급하게 고양이 세수를 하고 더벅머리를 질끈 묶어 똥머리를 만들고 트레이닝복을 입고 허겁지겁 도착한 회사.

일요일 새벽 6시 10분. 조용하다. 주차 구역을 내가 선택할 수 있는 영광까지 얻었다. 평일 출근 시간에는 주차장을 기본 몇 바퀴씩은 돌아야 간신히 자리 하나 얻어 주차할 수 있는데, 역시 쉬는 날 출근하면 이런 호사를 누릴 수 있는 거구나. 모든 게 다 좋은 수는 없지만 나쁜 생각보다 좋은 생각을 떠올리면 하루가 보낼 만하다.

꽉 막힌 길이 있다면 뻥 뚫린 길도 있다는 게 인생이라 생각하고 가자.

중간 어디쯤

스튜디오 밖은 폭염에 가깝고
스튜디오 안에는 서늘한 공기.

여름과 겨울이 존재하는 바로 이곳.

추우면 어깨에 담요를 두르고
더우면 담요를 벗으면 되는데,

행복은 여름과 겨울, 그 중간 어디쯤엔가 있으려나?

다르면 좀 어때

세상은 규정, 규격을 정해놓고 우리에게 맞추라고 한다. 사람마다 다른 개성을 가지고 있음에도 모두에게 똑같은 교육을 하고 그 틀에서 조금이라도 벗어나면 질타하고 개인차를 헤아려주지 않는다. 남을 평가하는 목소리가 여기서 쑥떡 저기서 쑥떡, 소곤소곤하기 바빠 보인다.

스타일도 마찬가지다. 트렌드, 즉 유행이라는 조건에 사람들을 맞추려고 한다. 트렌드 컬러가 정해지고 트렌드에 맞는 디자인을 입어야 사람들과 어울릴 수 있다. 트렌드에서 벗어나면 사람들에게 가십거리를 제공하게 된다.

트렌드를 앞서야 하는 방송인들에게 협찬 의상 사이즈는 선택의 범위가 넓지 않다. 여성은 55 사이즈, 협찬사에서 좀 더 배려해준다면 66 사이즈 정도, 남성은 100, 105 사이즈이다. 협찬 사이즈라는 틀을 정해주고 그 사이즈를 벗어나면 의상 협찬이 힘들기 때문에 본인이 직접 의상을 준비하거나 스타일리스트의 개인의 소장품을 사용해야 한다. 그나마 사람들이 말하는 A급 연예인은 의상 협찬이 환상적으로 잘된다. 협찬사들이 서로 협찬을 해주고 싶어 한다.

얼마 전, 오스카에서 여우조연상을 받은 탤런트 윤여정 씨의 인터뷰에서 스타일에 대한 얘기가 있었다. 질문자가 "스타일이 너무 멋지다."라고 말하자 윤여정 씨는 "모든 옷은 내가 구입해서 입는다. 나이가 많다고 협찬이 안 된다고 하더라."며 솔직하게 이야기하는 것을 봤다.

이게 현실이다. 젊고 잘나가면 협찬이 가능하고 나이가 들거나 사람들이 말하는 A급 연예인이 아니라면 협찬도 힘든 것이다.

다양한 사람, 다양한 체형이 함께 사는 이 세상에 55, 66, 100, 105 사이즈만 존재하는 것처럼 세상은 고집하고 있다. 사람을 위해 옷이 있는 것이 아니라 옷이 있어 사람이 있는 것처럼 말이다. 44나 55 사이즈를 벗어나면 뚱뚱하다는 선입견을 매일 마주하며 살아야 한다.

남들이 만들어 놓은 인생을 나도 똑같이 걸어가야 할까?

물론 남들이 만들어 놓은 인생도 훌륭하다. 하지만 내가 원하는, 그리고 하고픈 일 하면서 실수하더라도 당당히 내 길을 개척하면서 살아가고 싶다.

당신은 마술사

어려서 스케치북에 그림을 그리며 놀던 아이는 어느새 성장해 직업을 가져야만 하는 나이가 되었다. 문득 이런 생각이 들었다. 이 세상엔 직업이 몇 개나 될까? 주변에 있는 직업만 모아도 백 가지가 훌쩍 넘는 건 알겠다. 그렇다면 한 만 개쯤 되려나?

내가 알고 있는 직업과 내가 원했던 직업까지 세상엔 이렇게나 많은 직업이 있는데, 어째서 부모님들은 고작 열 개 남짓 나열하고는 그 안에 속하는 직업을 갖길 원하는 걸까? 세상이 정해 놓은 순위에 맞춰 고른 몇 개의 직업 안에서 선택해야 잘했다고 칭찬받는 세상에 우리가 살고 있는 건 아닐까?

모든 사람이 공부를 잘할 수는 없다. 성적도 우수하고 손재주도 좋다면 외과 의사도 좋고, 공부를 잘하고 이성적인 사람은 법조계에 있어도 좋겠지. 하지만 나처럼 공부보다는 손재주가 있는 사람도 있을 테고 목소리가 좋아 노래를 잘하는 사람도 있을 텐데. 직업이란 개인이 가진 능력을 통해 선택해야 하는 게 아닐까?

이렇게 말하고 있는 나도 몇 개의 직업을 거쳐 지금의 직업을 가졌다. 그림 그리는 걸 좋아했던 내가 직업을 선택할 때쯤 한동안 만화가를 꿈꿨던 적이 있다. 이현세 작가님의 『공포의 외인구단』 속 까치머리 주인공 오혜성을 좋아하게 되면서 그 꿈은 더욱 간절했다. 하지만 부모님 왈, "배고픈 직업은 안 돼."라며 딱 잘라서 말씀하셨다. 그 말은 만화가는 인기 직업이 아니란 뜻이었다. 지금의 웹툰 작가는 멋진 직업이지만 그 당시 만화가는 그랬나 보다.

시대에 따라 인기 있는 직업이 변하기도 하지만 몇 개의 직업은 상위권에서 굳건히 자리를 지키고 있다. 부모님이 알고 있는 직업 중에서 선택할 수 있었다면 나도 효도했다는 소리는 들었겠지만, 부모님 반대를 무릅쓰고 선택한 지금의 스타일리스트란 직업은 나에겐 굉장히 매력적이란 생각이 든다. 그 이유는 프로그램을 맡을 때마다 다양한 사람들과 마주할 수 있기 때문이다.

김동건의 《한국 한국인》이라는 프로그램에 나의 우상이

었던 만화가 이현세 작가님이 출연하신 적 있었다. 그때 내가 선생님께 분장을 해드렸고, "제가 선생님 만화를 보면서 만화가를 꿈꿨어요. 사인 한 장 부탁드립니다."라고 말씀드렸더니 멋진 그림과 가슴에 잊지 못할 글을 써 주셨다.

'알라딘의 마법의 램프처럼 당신은 마술사입니다.'

아마도 그날의 메이크업이 마음에 드셨던 것 같다. 짤막한 글이지만 나의 직업과 어울리는 글과 사인을 함께 남겨 주셔서 지금까지 간직하고 있다. 정말 많은 프로그램을 하면서 유일하게 받은 사인 한 장의 담긴 글이 지금의 나를 만들어 준 힘이 되었다.

탱고 의상

부르르 부르르. 책상 위 핸드폰에 진동이 울린다. 윤○○ 아나운서로부터 메시지가 왔다.

"다름이 아니고, SOS를 쳐야 할 것 같아. 이번 주 금요일에 라디오 특집을 보이는 라디오로 할 건데, 첼리스트 4명의 연주 듣고 토크 하는 콘셉트예요. 음악은 탱고이고."

라디오는 본인 의상을 착용하기 때문에 탱고에 어울릴 만한 의상은 아마도 없었을 것이다. 정말 미안함과 급한 마음을 글에서 느낄 수 있었다. 덥다 못해 뜨거운 계절인 여름이었지만, 강한 컬러보다는 화이트가 많이 섞인 컬러의 의상이 대부분인 이 계절에 탱고 이미지에 힘을 줄 의상 찾기가 쉽지 않다는 얘기였다.

이 문제를 시원하게 해결해 주고 싶은 마음에 협찬사를 가보았지만 내가 봐도 탱고 느낌의 컬러, 소재, 디자인을 갖춘 의상을 찾기는 어려울 듯했다. 그렇다고 탱고 의상 전문 숍을 찾기엔 애매한 문제였다. 라디오이기도 했지만, 의상이 과하다는 느낌을 줄 수도 있기 때문이다. 그래서 탱고 이미지를 느낄 수 있는 의상이면 충분했다.

일단 스타일리스트는 본인이 보유하고 있는 의상들이 있기 때문에 집에 돌아오자마자 행거에 걸려있는 옷을 뒤적였다. 2년 전에 무심코 들렀던 매장에서 언제가 입을 수 있겠다 싶어 구입해 둔 비비드 컬러에 러플이 달리고 펀칭이 된 블라우스가 생각났다. 드디어 옷이 세상에 나오는 날이 된 것이다.

이제 옷은 결정됐다. 그렇다면 옷과 어울리는 액세서리가 필요하다. 커다란 링 귀걸이와 줄로 길게 만들어진 귀걸이 중 고민을 하다가 라디오 스튜디오와 출연자들을 고려해서 큐빅으로 길게 만들어진 귀걸이를 선택했다. 나중에 얘기를 들어보니 반응이 좋았다고 한다. 조금이나마 의상에 도움을 준 나까지 기분이 좋아졌다.

새로운 도전이 주어지면 과제를 해결해야 할 때는 생각도 많아지지만 평가가 좋을 땐 그 기쁨과 즐거움은 배가 된다는 걸 다시 한번 느꼈다.

2002년 월드컵

붉은악마를 상징하는 응원 티셔츠를 비롯한 국가대표 축구팀 티셔츠가 방송에 필요했다. 시장이나 매장에서 여러 장르의 붉은악마 티를 팔고 있었기 때문에 구입하는 게 어렵지 않았다. 하지만 축구팀 단복은 하늘의 별 따기보다 힘들었던 시절이 있었다. 본사에 전화를 해봐도 품절이란 답만 돌아왔다. 당장 이틀 뒤에 필요한데 말이다.

사실 스타일리스트가 모든 의상을 수급할 수는 없다. 전 국민이 월드컵에 흥분하고 있었으니 그 정도면 방송국 의상실에서 비치하고 있는 게 맞는 것이란 생각이 들기도 했다. 하지만 스타일리스트에게 의상을 맡긴다고 했으니 내가 구해야 했다.

의상을 준비 못 했다고 하면 프로그램 피디에게 한 소리 듣는 게 싫기도 했지만 스타일리스트로서 내 자존심이 상하게 될까 봐 겁이 났다. 그래서 그날은 차를 집에 버려두고 택시로 매장을 돌기로 했다. 어디든 한 곳에 한 장만 남아 있기를 바라는 마음에서였다.

길가에 나와 팔을 뻗어 택시 하나를 잡았다. 택시 문을 열고 타면서 기사님께 목적지를 얘기한 후 무심코 기사님을 쳐다봤는데, 설마.

"기사님 혹시 입고 계신 옷이 월드컵 축구복인가요?"

"네, 이따 응원 가려고 입었습니다."

기사님의 "네."라는 말과 동시에 신의 도움이 느껴졌다. '분명 신이 나를 돕고 있다.'라는 믿음으로 기사님께 상황을 설명드렸다. 내 명함과 하는 일, 그리고 언제, 어떤 프로그램에서 그 의상이 필요한지를 자세히 설명하면서 사실 내가 지금 그 티셔츠를 구매하러 가는 길이며, 본사와 매장에 재고가 없다고 해서 무작정 작은 매장을 돌아보려고 가는 길이라며 말씀드렸다.

그러고는 혹시 그 티를 제게 파실 생각이 없으신지, 아님 빌려주실 수 있는지 여쭤보았다. 기사님께서는 월드컵 티셔츠를 팔 생각은 없다고 하셨다. 하지만 내가 간곡히 간청을 드려서 그런지 빌려주시겠다며 흔쾌히 허락하셨다. 집에 가서 갈아입고 올 테니 1시간 반 뒤 내가 택시 잡았던 그

곳에서 보자고 하셨다.

설마 하는 마음과 기도하는 마음으로 집에 들어가지도 못하고 나는 택시에서 내린 그 자리에서 1시간 반을 앉았다가 일어나기를 반복하며 서 있었다. 시간이 얼마쯤 지나서였을까. 택시 한 대가 내 앞에 섰고, 꼭 돌려주어야 한다는 말과 함께 기사님이 건네주신 종이봉투에는 월드컵 축구복이 담겨 있었다. 허리 숙여 감사를 전하고 약속을 꼭 지키겠다는 말을 뒤로 기사님을 보내며 나는 속으로 외쳤다.

'죽으란 법은 없다. 내가 간절히 원하고 일을 해야 한다는 믿음이 있으니 이렇게 신이 도와주시는구나!'

할아버지, 할머니, 부처님, 하느님, 성모 마리아. 모든 신께 감사드렸다.

이틀 뒤 방송에서 그 옷을 사용하고, 늦은 퇴근이었지만 기사님께 전화를 드렸다. 기사님 덕분에 옷 정말 잘 썼다고 인사드리고 방송이 나갈 날짜와 시간을 알려드렸다. 기사님께는 방송국에서 진행하는 가요 무대 티켓과 작은 선물, 빌린 축구복을 봉투에 담아 전달했다.

"티 한 장 빌려줬는데 이렇게 많은 선물을 받게 돼서 미안하네요."

나는 손사래를 쳤다. 기사님이 아니었으면 제 능력을 스스로 저평가했을지 모른다며 허리 숙여 진심으로 감사드린다는 말을 몇 번이고 외쳤다. 벌써 20년 된 이야기지만 지금도 그때를 떠올리면 그 기사님께 감사하다.

세상엔 나를 공격하고 시기 질투하고 질타하고 힘들게 하는 사람도 있지만 나를 응원하고 도와주는 사람이 있다. 나를 응원해 주는 사람을 떠올리며 살아갈 힘을 얻는다.

지하철 해프닝

20대 후반, 뚜벅뚜벅 걸어 다니며 뚜벅이 생활을 할 때였다. 의정부 종점에서 새벽 4시 반 첫차를 타고 지하철을 갈아타 출근을 하고 나면, 착용한 의상을 정리해 협찬사별로 의상을 구분한 후 종이 가방에 넣어 버스, 지하철, 택시를 타고 다니면서 반납했다. 착용해야 할 의상을 협찬사에서 다시 받아와 정리를 하고 나서야 나는 막차를 타고 집으로 퇴근했다.

당시 나의 한 달 월급은 무려……, 없었다. 무보수였다. 그 당시에는 그게 당연한 것이고 의례적인 것이며 관행이라는 단어로 묶여 있었다. 그렇게 일을 배웠다. 어엿하게 회사를 다니다가 이건 내 꿈이 아니라며 직장을 뛰쳐나왔는데 말이다.

그날도 출근해서 협찬받은 의상을 양쪽 어깨에 메고 지하철을 타야 했기에 150cm의 키가 가진 짧은 다리로 가장 빠르고 바쁘게 계단을 걸어 내려가고 있었다. 지하철은 정차했고 사람들이 바쁘게 움직이고 있었다. 양어깨에 많은 짐을 들은 나는 부지런히 뛰다시피 하여 지하철 문 앞에 섰고 다리가 먼저 들어갔어야 하는데 얼굴이 먼저 들어가 버렸다. 지하철 안을 바라보며, 내 얼굴은 문에 끼이고 말았다.

다행히 문은 다시 열렸다. 문이 다시 열린 것에 감사하고, 나는 그 차를 탈 수 있어 감사하고, 지각하지 않음에 감사하며, 꾸중을 듣지 않아도 된다는 안도의 숨을 쉬는 순간 잠시 출장 나갔던 창피함이 그대로 전해졌다.

이런 상황이 창피한데 웃기기도 했다. 나의 상황을 모두 지켜본 지하철 안에 있던 사람들 표정이 참 각양각색이었다. 손을 가리고 웃는 사람. 얼굴이 괜찮은지 걱정해 주는 사람. 문에 끼이면서 떨어져 망가진 안경을 주워주는 사람. 어깨춤을 추며 키득키득 웃는 사람. 이런 사람들을 지켜보니 내가 더 웃겨서 박장대소하게 되었다. 내가 먼저 웃으니 웃음을 참던 많은 분들이 함께 웃게 되었다. 많은 분께 큰 웃음을 주며 나는 내 목적지에서 내렸고 하루를 그렇게 마감했다.

그리고 며칠 후 우연히 라디오를 듣는데 내 이야기와 너무 흡사한 사연이 나왔다. 누군가는 재미 삼아 내 사연을 라디오에 보냈고 그게 당첨이 되면서 그분은 상품까지 탄 것이다.

이런, 남의 인생 스토리를 가지고 누군가는 글로 써서 상품도 타는데 나는 바보처럼 내 인생의 스토리를 빼앗기기만 한 것 같았다. 창피함은 내가 갖고 상품은 내가 모르는 사람이 갖는 상황이라니. 인생은 타이밍이다. 놓치면 끝.

에잇, 한 수 배웠다.

난 개그맨이 아니에요

스타일리스트로 일하면서 재미있는 상황들이 늘어나면서 내 인생은 시트콤 인생이구나, 스스로 깨닫는 일이 자주 일어났다. 오래전에 했던 프로그램이기도 하고 너무 많은 프로그램을 거치다 보니 이젠 프로그램 제목도 기억나지 않는다.

나는 그 프로그램에서 개그맨 전유성 선생님의 분장을 맡고 있었고 선생님을 스튜디오로 보내고 나면 분장실은 오로지 나 혼자만의 공간이 되었다. 모니터를 하면서 메이크업 박스를 정리하고 편한 마음으로 쉬고 있었는데 갑자기 문이 열리는 게 아닌가.

"안녕하십니까?" 큰소리로 인사하는 두 남성과 마주하게 되었다. 나는 본능적으로 "네, 안녕하세요?"라고 답을 했다. 그런데 두 분 중에 한 분이 내게 "선배님은 어느 프로에 출연하십니까?"라고 묻는 것이다. 그 질문과 동시에 침묵이 흘렀고, 나는 놀라며 "네? 아닌데요……. 저는 코디인데요?"라고 대답을 했다. 나도 당황했지만 두 분도 당황한 건 마찬가지였는지 "죄송합니다." 하는 말과 함께 문을 닫고 사라지셨다.

그 두 분의 이름을 밝혀도 되나 싶지만 재밌는 에피소드니까 편하게 얘기하자면, 그 당시 KBS 공채 신인 개그맨이었던 김준호 씨와 김대희 씨다. 나를 개그맨으로 오해하신 거였다. 프로그램이 끝나고 전유성 선생님께 그 이야기를 했더니 정말 재밌게 웃으셨다.

그 이야기를 심형래 선생님께 브리핑하듯 얘기하시는 전유성 선생님을 보고 '진짜 재미있으셨나 보네…….'라고 생각하자마자 심형래 선생님 왈, "그래 넌 우리 과야!"라고 말씀하신다. 나보고 "직업을 바꿀 생각 없냐?"라고 물으시는데 '이 상황 뭐지?'라는 생각이 들었다. 그래, 내가 좀 남다르게 재밌게 생겼다고 치자. 그래도 각자의 자리는 있는 거란 생각에 "아니요."라고 대답했다.

그런데 만약에 그 시절로 돌아가 그 제안을 다시 듣는다면 나는 도전하고 싶다. 그 제안을 받아들였다면 지금의 나는 어떤 인생을 살고 있을까?

'인생은 도전이고 도전하지 않으면 결과는 알 수도 만들지도 못하니까!'

스타일리스트 일은 양어깨가 무거운 일이다. 옷의 무게가 어마무시하다. 몇 년을 어깨로 짐을 들고 다니다 도저히 안 되겠다는 생각에 차를 뽑기로 했다. 나의 첫 차는 검은색 카렌스였다. 차 없이 힘들겠다는 맘으로 부모님께 허락받기도 전에 차를 덜컥 계약하고 매는 그다음에 맞자고 생각했다.

첫날 나는 목동에 있는 방송회관으로 가야 했고 그곳은 유난히 일방통행 길이 많았다. 나는 뒷유리에 커다란 거북

이 세 마리를 그려 붙이고 초보 중에 왕초보임을 당당히 밝히고 운전했다. 그런데 도로 표지판을 볼 정신도 없이 직진을 하다가 일방통행 길에서 역주행을 해버렸다. 지금 되돌아보면 아찔하기 그지없다.

여기서 빵빵, 저기서 빵빵. 클랙슨이 울려야 맞는 상황인데도 불구하고 들려오는 클랙슨 소리가 없어서 역방향이라는 사실을 나중에야 인지했다. 아마 왕초보라 당당하게 붙인 거북이의 도움을 받은 듯했다. 차를 세우고 어찌할 바를 모르는 내게 구원의 손길을 펼쳐준 분이 계셨기에 그 길을 무사히 빠져나올 수 있었다. 지금도 목동으로 향할 때는 엄청난 에너지를 쏟으며 운전에 집중한다.

나는 하루하루를 초보로 살아간다. 처음 사는 인생이기에 매일매일이 설렘 반, 기대감 반 그리고 긴장감 반으로 지내고 있고 그런 현실이 맞다고 생각한다. 누구나 실수는 할 수 있다. 같은 실수를 반복하지 않기를 바랄 뿐이다.

아이쿠. 아무 짓도 안 했는데 안경 코 받침 나사가 빠져 떨어지고 나사가 아주 작아 찾지도 못했다. 생각 같으면 안경을 좀 벗은 채 버티고 싶지만 안경을 벗으면 보이는 게 없으니 방법이 없다. 삐딱하게 씌워지는 안경을 걸치고 안경점까지 가는 그 짧은 시간에 세상도 이렇게 삐딱하게 흐르고 있는 것 같다는 생각이 들었다.

나사 하나 끼우면 되는 줄 알았건만 안경이 깨져서 수리하는 데 시간이 걸린단다. 또 이렇게 돈이 나가는구나, 이런. 안경은 급히 필요하니 잘 보이지 않는 눈으로 집중해서 안경테를 골랐다. 그 전 안경은 검은색 테로 조금 두께감이 있었는데 이번에는 원형의 로즈골드 금속 테로 선택했다. 한결 가볍고 인상도 부드럽게 보이니 사람들에게 달라 보인다는 말과 잘 어울린다는 말을 들었다.

검은색 테를 썼을 때의 나는 검은색 테 안경이 주는 딱딱한 이미지의 사람이었다면 로즈골드 금속 테를 쓴 나는 어려 보이고 안경이 피부와도 잘 어울리는 사람이 되었다.

안경 하나가 주는 느낌이 이렇게 다르다. 사람들이 나에게 던지는 메시지도 다른 것이다. 안경을 바꾸니 삐딱하게 보였던 세상이 다르게 보인다.

집에 가위가 넘쳐요

다른 집은 몇 개의 가위를 비치해 놓고 쓸까? 우리 집에는 현관문을 열고 들어가면서부터 가위를 만날 수 있다. 주방에서 쓰는 주방 가위, 막가위, 재단 가위, 쪽가위, 패턴지 가위, 핑킹가위, 꽃가위를 비롯해서 20개가 넘는 가위가 있다.

이 가위들은 각자 타고난 역할을 가지고 주인님 손에 잡히면 언제든 자를 준비를 하고 있다. 그런데 각각의 역할을 맡고 있는 가위들에게 사람들은 더 많은 걸 원한다. 주방에서 파를 썰다가도 택배가 오면 택배 끈을 자르고 종이를 자르고 그러다가 옷에 삐져나온 실을 자른다. 가위는 버거워하다 날이 무뎌지면 버려진다.

나는 집착하는 물건이 두 가지가 있다. 바로 가위와 우산이다. 우산은 비 오는 날 나의 기분과 감정을 표현하고 하는 것이고 가위는 어려서부터 엄마의 영향을 받은 것 같다.

재단 가위는 엄마에게 물려받아서 사용하는 가위라 40년이 넘었다. 엄마는 항상 재단 가위와 실 자르는 가위, 종이 자르는 가위를 모두 다르게 사용하셨다. 그러던 어느 날 솜틀집에서 묵었던 때는 사라지고 무거웠던 솜이 폭신폭신해져서 집으로 왔다. 그 솜을 하얀 명주로 감싸고 바느질했다. 하루는 내가 재단 가위로 실을 잘랐다가 엄마에게 꾸중을 들었다. 그때 엄마가 말씀해 주신 게, 가위마다 주어진 역할이 다르니 그 역할에 맞게 사용해야 가위 날이 무뎌지지 않고 오랫동안 사용할 수 있다는 것이다.

사람도 디자이너, 만화가, 작가, 회사원, 방송인 등 각자에게 주어진 역할이 있다. 내 경우엔 방송하는 사람들을 서포트하는 역할이다. 이런 역할을 뒤로하고 다른 역할을 한다면 어색하고 만족도도 떨어질 것 같다. 내가 어떤 역할에 잘 어울리는지 찾아보면 매일매일 한숨 쉬는 일은 적어질 수 있을 것이다.

어떤 컬러로 꾸미고 싶니

의상실 행거엔 의상 컬러가 참 다양하게 걸려 있다. 셔츠부터 블라우스, 원피스, 슈트까지. 셔츠도 체크, 솔리드 등 종류가 다양할 뿐만 아니라 원피스 디자인도 다양한 것들이 늘 걸려 있다. 이렇게 다양한 옷들은 주인을 찾아 입혀지고 방송을 하게 될 것이다.

세상의 컬러가 흑백이 아니듯 살다 보니 인생도 컬러가 참 다양하다. 어느 날은 우울한 컬러였다가 어느 날은 열정이 많은 레드였고 어느 날은 에너지가 필요하기 때문에 오렌지였다가 쉼이 필요할 때 그린 컬러였다.

우리는 살면서 각자 인생의 컬러를 만들고 있다는 것을 잊으면 안 된다.

화를 다스리는 법

오늘도 바느질한다. 옷을 만드는 것도 아니다. 핏을 잡기 위한 바느질도 아니다. 화는 나지만 화를 낼 수가 없어 수양하는 기분으로 바느질하는 것이다. 천을 사각으로 자르고 반으로 접어 가위질한 부분에 실밥이 풀리는 곳을 따라 아주 곱게, 촘촘히, 꼼꼼하게 바느질한다. 무념무상. 바느질하며 화를 잠재우는 것이다.

누가 그랬다. 화가 난다고 해서 그 사람을 비방하지 말고 화날 때 커피를 마시며 음미하든지 좋아하는 노래를 듣고 마음을 달래든지 아니면 내가 좋아하는 걸 하라고 했다. 사무실에서 크게 음악을 듣지도 못하고 커피는 깊은 잠을 자는 데 좋지 않고, 그래서 좋아하는 것은 아니지만 사무실에서 할 수 있는 것을 찾다 보니 결국 바느질이었다.

그래서 나는 오늘도 바느질을 했다.

뜨거운 태양을 구름이 가려주니 일할 맛이 나고, 가끔 불어오는 바람이 시원해서 일할 맛이 나고. 그날도 씩씩하게 나의 굵은 다리에 의지해 강남을 휘저으며 협찬을 받고 있었다.

협찬사마다 받은 의상들이 몇 개의 커다란 쇼핑백으로 양어깨를 짓누르고 있었다. 작은 키가 땅속으로 더 들어가는 기분이랄까. 어쨌든 마지막 협찬사에 들러 의상 가방을 챙겼으나 벌써 양쪽 어깨가 꽉 차 더 이상 멜 수 없었고 결국 한 손 팔목에 걸었다. 누가 보면 사람은 안 보이고 쇼핑백이 혼자 걷고 있는 줄 알 것이다.

힘차게 한 발 한 발 내딛고 있는데 갑자기 하늘에서 빗방울이 한 방울 한 방울 떨어지더니 굵은 비가 쏟아졌다. 간신히 버스정류장까지 갔다. 나는 비에 젖어도 된다. 하지만 옷은 젖으면 안 된다. 협찬받은 옷은 소중하니까. 그런데 내 맘도 모르고 빗줄기는 강한 바람과 함께 나의 협찬 가방을 내리쳤다.

택시를 잡으려 해도 팔 뻗기가 힘들었고 옷의 무게는 말도 못 하게 무거웠다. 우산을 썼지만 바람 때문에 무용지물이었다. 어떻게든 택시를 타야 하는데 사람들이 줄도 서지

않는다. 지금은 줄 서는 게 습관처럼 바뀌었지만 그 당시는 먼저 택시 잡는 사람이 타는 거였다. 2단 접이식 우산을 썼지만 양쪽에 맨 쇼핑백은 비로 젖은 옷의 무게로 무게감이 한층 더했다.

그런 찰나에 택시 한 대를 잡아 세웠다. 무거운 짐을 타려고 한 발 내딛으니 어떤 남자분이 새치기까지 한다. 설상가상으로 옷이 담긴 커다란 봉투가 비에 젖어 터져버렸다. 옷이 아스팔트로 쏟아졌고 서럽기 그지없어 나도 모르게 아스팔트에 주저앉아 울고 말았다. 지금도 그 기억을 떠올리면 눈에 눈물이 고이고 흘러내린다.

바람은 세차고 빗줄기는 점점 굵어지고 쇼핑백은 하나하나 터지기 시작하고 옷들은 아스팔트로 툭툭 떨어지고. 눈에는 눈물이 앞을 가려 보이지도 않고 안경에는 빗방울이 쌓이고, 그렇게 아스팔트에 앉아 울고 있는데 어떤 분이 택시를 잡아주며 문까지 열어줬다.

빗방울과 눈물로 범벅된 나를 일으켜 주고 옷가지를 주섬주섬 주워 택시 안으로 밀어 넣어 주셨다. 택시 안에서도 흐르는 눈물은 멈추지 않았고 보수도 못 받던 시절이라 온전히 택시비도 내가 내야 하는데 지갑에는 돈 만 원이 전부였다. 택시비가 만 원을 넘지 않아 다행일 뿐이었다. 고생스러운 시간이었지만 어쩌면 나는 그런 시간이 있었기에 버텼는지 모른다.

나를 쳐다보고 있던 사람들을 뒤로한 채 택시를 잡아주고, 바닥에 떨어져 젖은 옷을 주섬주섬 주워 "아가씨 울지 말고 옷 잘 챙겨가요."라고 말해주던 그분께 그땐 눈물이 앞을 가려 인사도 제대로 못 했는데 지금이라도 감사함을 전하고 싶다.

'잊지 않고 있습니다. 감사합니다.'

입에 쓴 약은 몸에 이롭다던가? 쓰디쓴 지난날의 기억들이 힘들고 지칠 때마다 약이 되어 지금의 나를 만들었다고 본다.

8체질 검사를 했을 때 몸에 냉기가 많다는 얘기를 들었다. 의사는 찬 성질의 음식을 피하고 따뜻한 성질의 음식을 섭취하길 권했다. 이파리 음식은 적게 먹고 뿌리 음식을 주로 먹으라는 것이다.

모든 만물은 음과 양으로 나뉘고 음식에도 음과 양이 있다. 구황 작물을 좋아하진 않지만 자주 먹었고 지금도 당근, 무는 잘라서 간식처럼 먹는다. 이처럼 뿌리 음식을 본능적으로 찾았던 것은 내 몸이 원해서일 것이다.

이처럼 컬러도 음과 양을 가진 에너지로 볼 수 있고 이런 컬러를 속옷에 입히면 부족한 에너지를 채울 수 있을지 모른다는 생각으로 속옷을 선택하게 되었다.

속옷의 가치를 따지면서 입는 사람이 얼마나 있을지는

모른다. 하지만 겉으로 보이는 겉옷을 화려한 컬러로 입기엔 쉽지 않으니 속옷은 내 취향을 고스란히 담기에 정말 좋다. 내 속옷의 컬러는 붉은색 계열이 많다. 붉은 계열은 따뜻함, 정열, 열정을 상징한다. 이렇게 다양한 디자인의 속옷에 컬러까지 입히면 나의 취향이 되는 것이다.

SBS의 《세상의 이런 일이》라는 프로그램을 보면 머리부터 발끝까지 빨강, 노랑, 파랑으로 된 옷을 착용하는 사람들이 이슈로 나오는 경우를 봤다. 그분들은 하나같이 감당하기 힘든 상처를 받았었고 그 상처를 보듬기 위해 원색을 택했다고 한다. 원색의 컬러를 입으면 기분이 좋아진다고 말이다.

드라마 《에밀리, 파리에 가다》에서는 기혼자이자 클라이언트인 앙투안 랑베르고가 미혼인 에밀리에게 속옷을 선물한다. 에밀리는 "배려는 감사하지만 선물이 과했고 부적절하다."라며 불편한 심기를 드러낸다. 이에 앙투안 랑베르고는 "섹시하고 힘 있는 사람이란 기분을 느껴 보라고요. 온 세상을 집어삼킬 수 있는 대담한 여성으로서요. 파리까지도."라며 오해가 생긴 부분에 대해 사과하며 진심을 담아 에밀리를 응원하는 장면이 있다. 속옷의 힘을 느낄 수 있는 대사였다.

아름다운 디자인의 속옷, 컬러를 입은 속옷은 곧 힘을 의미하기도 한다. 오늘은 나만의 색을 담은 속옷으로 나를 응원해보는 건 어떨까?

어깨 패드가 준 선물

자신감은 어디서 올까? 두둑한 지갑, 아니면 남들이 말하는 긴 가방끈?

방송하는 사람들은 어깨에서 온다. 의상을 착용할 때 꼭 체크해야 하는 부분이 있다면 바로 어깨다. 그 이유는 다양하다. 화면에 어깨가 좁게 보이면, 상대적으로 얼굴이 크게 보일 수 있고, 팔뚝 살이 더욱 도드라져 보일 수도 있다. 이런 이유로 자신감이 떨어져 보일 수 있다. 그래서 움직임이 많지 않고 시청자들에게 정보를 전달해야 하는 남녀 앵커, 기자, 아나운서, 기상캐스터 의상엔 어깨 패드가 생명이다.

그래서 방송하기 10분 전 의상을 체크하면서 어깨 부분을 보고 패드를 부착할 것인가 말 것인가 결정해서 어깨 패드로 어깨를 높이기도 하고 넓이기도 한다.

개인차가 있겠지만, 보이지 않는 어깨 패드 하나에 자신감이 생겨나듯이 멋진 신발에서도, 예쁜 블라우스에서도, 심플한 셔츠에서도 핏한 청바지에서도 만들 수 있는 것이 자신감이다.

모자

나에게 모자는 진정한 액세서리다. 한때는 취미처럼 모자를 모았다. 내 직업이 스타일리스트라서 모은 게 아니라 워낙 모자를 좋아해 왔고, 지금도 좋아한다. 100개가 넘었던 모자들은 이사하면서 기부도 하고 버릴 것은 버렸는데도 불구하고 아직도 20여 개가 남아있다. 그리고 또 하나씩 늘어가고 있는 중이다.

주로 머리 감지 않았을 때 쓰는 용도의 야구 모자라고 일컫는 '캡'부터 선원들이 쓰던 '보터', 뒤에서부터 머리 전체를 감싸고 턱 밑에서 끈으로 매어주는 '보닛' 그 밖에도 페도라, 베레모, 비니, 모피로 만든 트래퍼, 헌팅캡까지 참 많기도 하다.

모자는 평상시에 쓰고 다니기 어렵지만 가끔 멋을 내고 싶을 때나 여행지에서 많이 사용한다. 같이 동행한 친구는 부끄러움은 자기네 몫이라며 얘기했었다. 사람들의 시선이 집중되는 게 싫다고 했다. 난 그 순간을 즐기고 있는 것에 액세서리를 보탰을 뿐인데 남의 시선 때문에 포기하고 싶지 않다.

다른 사람의 시선도 감당할 수 있어야 홀로서기가 가능하지 않을까?

가치의 변환

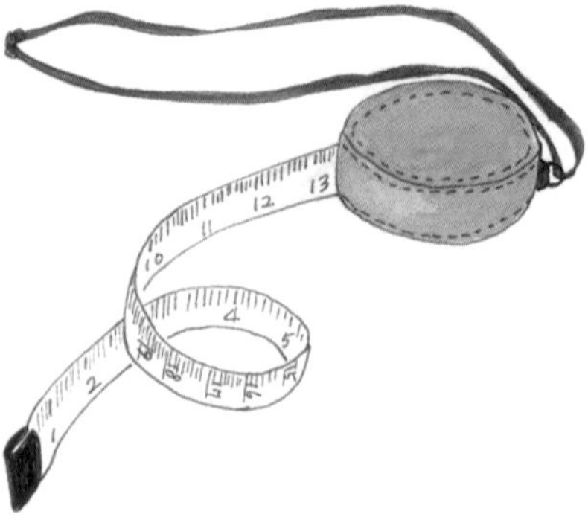

협찬사에 갔다가 협찬을 받으러 온 친분이 있는 동생을 만났다. 한참을 반가움에 이야기하다가 목에 달린 독특한 동전 지갑 같은 목걸이를 보고 그게 무엇인지 물었다. 돌아오는 답변은, 그게 줄자라는 것이다.

직업 특성상 줄자는 주로 신체 사이즈를 잴 때와 옷을 줄이거나 늘릴 때 사용된다. 하루에도 몇 번씩 줄자를 꺼내 사용하는데 하루 종일 줄자를 찾아다녀야 하는 번거로움을 없애고 싶다며 푸념처럼 늘어놨더니 가죽 공방을 하는 분이 특별히 제작해 주셨다는 것이다.

이 일을 하면서 줄자는 습관적으로 찾게 되는 물건 중 하나인데 줄자는 도망도 잘 갔다가 다시 나타나곤 한다. 관리 소홀이라고 하면 맞는 이야기지만, 주머니에 넣고 다녀 보니 주머니가 불룩해져 옷매무새가 예쁘지 않았고 열쇠 꾸러미에 달아 다녀보기도 했지만 좋은 방법은 아니었다.

캐주얼한 옷에 어울릴 수 있도록 제작된 목걸이 줄자가 탐이 났다. 그 친구에게 가죽 공방 전화번호를 물어 제작 가능한지 물어보았고, 택배비를 포함한 줄자 가격이 오만 오천 원이라는 이야기를 전화기 너머로 들었다.

내가 사용하는 줄자는 천 원이면 구매할 수 있다. 천 원짜리 줄자에 가죽옷을 입히고 목걸이로 만들어 주면 오만 원의 가치가 되는 작품으로 변하는 것이다.

마찬가지로 나의 가치를 올리려면 끊임없이 배우고 재능을 키우고 축적시켜야 한다. 나의 가치를 돈으로 환산하기는 싫지만 '나'라는 상품에 능력과 재능이라는 포장을 멋지게 한다면 지금보다는 훨씬 멋진 결과를 가져올 수 있지 않을까라는 생각을 해 보았다.

시그니처는 쉽게 만들어지지 않아

KBS《뉴스9》은 두 명의 MC가 함께 진행하는 형식을 가지고 있다. 주로 남자 앵커가 메인으로 여자 앵커가 서브의 느낌으로 진행되는 것처럼 보이는 게 현실이다. 그러나 KBS가 2019년 11월 말부터 여자 기자를 메인 앵커로 내세웠다.

그전까지 여자 앵커의 이미지는 예쁜 원피스 혹은 원피스에 재킷을 입는 등의 스타일을 선호했던 것 같다. 하지만 지상파에서 최초로 평일 메인 뉴스에 여자 앵커를 간판으로 세웠고, 내가 그 스타일링을 맡았기 때문에 어떤 콘셉트로 진행해야 할까를 고민했다.

시각적으로 그전 앵커들과 차별을 주기 위해 이○○ 앵커의 중성적인 이미지를 활용하기로 했고 젠더 이미지를 이슈화하고 싶어 바지 슈트 콘셉트로 정했다. 콘셉트가 정해지고, 첫 방송을 끝내놓고 숨을 고르기도 전에 여기저기서 전화가 왔다.

'여기자를 왜 남자처럼 입혔냐? 여기잔데 예쁘게 입혀주지 그랬냐? 치마를 입혀라. 남자처럼 입히지 마라.'

나에게만 걸려온 전화는 아닐 것이다. 분명 여자 앵커에게도 많은 이야기가 오고갔을 것이다. 스타일링은 프로그램 성격과 진행자의 이미지를 가지고 하는 것인데 쏟아지는 관심이 사공처럼 느껴져 배가 산으로 갈까 싶어 걱정됐다. 하지만 내가 정한 콘셉트를 앵커와 상의해서 쭉 밀고 나가기로 했다.

사람들은 걱정해준다는 의미로 상대에게 끊임없이 이야기를 해 준다. 하지만 그것은 상대를 생각해 주는 방법에서 벗어나 잔소리처럼 들릴 수 있다.

스타일리스트라고 완벽하지 않다는 것도 알고 상대에 대한 조언도 감사한 일이지만 우선 의상 전문가인 스타일리스트가 옆에 있으니 믿고 지켜봐 주었으면 하는 생각이 든다. 스타일은 하루아침에 만들어지는 것이 아니라 그 사람과 오랜 시간 교감에서 나오는 것이기 때문에 믿고 기다려 줘야 한다.

성격이 급한 한국 사람들은 앵커가 바뀐 첫날 완벽에 가까운 스타일을 만들길 바라지만 앵커 체인지를 일주일 앞두고 진행하는 스타일링이 완벽하게 만들어지기란 쉽지 않은 과제다.

내가 진행하는 여자 앵커는 나와 오랫동안 알고 지냈기 때문에 빠르게 스타일을 만들 수 있었다. 옷은 직업, 습관, 라이프스타일과 현재 상황까지도 대변할 수 있는 비언어적 표현이기 때문에 섣불리 선택해서는 안 된다고 본다. 더군다나 앵커는 시청자로부터 호감을 이끌어내야 하고 뉴스에 대한 전문성과 믿음까지도 보여줘야 하기 때문에 더욱 신중할 필요가 있다.

그 전 앵커 의상도 좋았지만 여기자라는 특성을 살리고 직접 취재한 느낌으로 시청자에게 다가가고 싶어서 만든 콘셉트였다. 이제는 2년이 되어 가면서 이제는 시그니처가 되어 많은 기자, 아나운서가 의상을 따라서 착용하지만 처음엔 정말 힘들었던 기억이다. 나를 믿어 주는 앵커가 있었고 나의 의지를 굽히지 않았기 때문에 좋은 결과를 가져올 수 있었다.

신문에 실리다

지난봄 자기계발서 『슈트, 남자의 미래를 바꾸다』라는 책을 출간하고 평일 메인 뉴스의 최초 메인 여성 앵커를 스타일링 했다는 이유로 신문사로부터 인터뷰하자는 전화를 받았다. 대단하지도 않은 나를 취재하고 싶다고 했다. 슈트에서만큼은 전문가가 되고 싶었다.

서양 의복이 한국에 입성해서 고생하는 것처럼 보였고 길을 다니면서 슈트 입은 남성들을 볼 때마다 안타까웠다. 그래서 방송국 기자님들을 대상으로 제작 슈트와 내셔널 브랜드 슈트를 비교하면서 스타일링 했다. 내셔널 브랜드도 훌륭했지만 문제가 있었다. 앵커에게 착용시키려면 슈트의 핏이 중요한데, 내셔널 브랜드는 대한민국 남성이라면 누구나 입을 수 있도록 만들어진 옷이라는 점과 협찬이라는 이유 때문에 한계가 있었다. 그래서 앵커 체형에 맞게 제작하여 스타일링 해 봤더니 확실히 핏을 살려줄 수 있어서 나름 괜찮다는 결론을 얻었고, 그 내용을 바탕으로 내가 알고 있던 팁을 더해 슈트 관련 책을 출간한 것이다.

이것은 나의 개인적인 견해라는 사실을 염두에 두길 바란다. 제작비는 순수 나의 자비로 진행하였고 많은 자비를 들여 얻은 결론이기도 했다. 그 당시 책을 출간해 놓고 여행에서 다친 입술을 치료 중이라 다른 누군가와의 만남을 꺼려하는 상황이었다. 개한테 물린 상처로 마음까지 굳게 닫혀 있었고 그런 삶으로 인해 살이 갑자기 빠지면서 얼굴은 이상하게 변해 있었다. 컨디션은 바닥을 치고 우울감이 친구 하자며 어깨동무하고 있어서 하루하루 버티는 게 지옥을 들락날락하는 심정이었다.

기사를 써보고 싶다는 말에 진심으로 감사했지만 이 얼굴로 기자님을 대면해야 한다는 생각에 고민을 정말 많이 했다. 하지만 언제까지 숨어 지낼 수 없다는 것을 알기에 기자님을 만나기로 하고 나의 상태를 말씀드렸다.

입술의 중심점은 틀어져 있고 윗입술의 피부가 1.5cm 정도 소실되면서 몇몇 단어가 부정확하게 발음이 되고 있다고 양해를 구했다. 지금은 연습에 연습을 통해 괜찮아졌지만 그때는 수저로 국물도 떠먹기 힘든 시기였다. 그런 나를 도와 《뉴스9》의 이○○ 앵커는 질문지를 만들어 주며 연습할 수 있도록 도와주었고, 윤○○ 아나운서는 직접 찾아와 응원해 주었다.

이렇게 든든한 지원군들을 등에 업고 기자님과 대면을 할 수 있었다. 그로 인해 자신감도 생겼고 내가 잘하는 게 무엇인지 한 번 더 깨닫게 되는 시간이었다. 사진도 찍고

싶다고 하셨는데 잠시 망설이다 윤○○ 아나운서의 응원을 받아 사진을 찍기로 생각을 바꿨다. 신문 읽으시는 분들은 나의 기사 내용을 볼까, 아니면 내 이미지를 볼까. 나는 그 신문을 보면서 내용보다는 사진이 눈에 들어왔지만 많은 사람들이 그냥 지나칠 수도 있다.

관심 분야가 달라 지나칠 수도 있고 내 사진에 많은 사람들이 관심 갖지 않을 것이란 게 나의 생각이었다. 아마 나의 바람이었을 것이다. 많은 사람의 응원과 위로가 없었다면 가능하지 않았을 것이다.

이제는 예전 모습으로 되돌아갈 수는 없다. 지금의 얼굴, 지금의 다친 입술로 살아가야 한다. 분명 나의 삶이 나를 응원하고 있고 응원해야 하고 응원하고 있다는 것에 믿음이 가져야 한다. 그 누구의 삶이 아니라 나의 삶이기에 귀한 삶을 낭비하지 않았으면 좋겠다.

라디오 고정 출연

최초라는 말을 딱히 좋아하진 않는다. 최초라는 말은 왠지 처음이라는 말과 같기 때문에 실수와 문제가 많아 보여 부담스럽기 때문이다. 그런데 최초로 평일 메인 뉴스 여성 앵커를 스타일링하게 되었고 그와 함께 슈트 관련 책을 출판했다는 이유가 서로 시너지가 되어 불교방송 라디오 팀에서 출연 제의가 왔다. 메이저 방송은 아니니 이번 일을 기회 삼아 편하게 방송이라는 것을 접해 보라고 말씀하신 분도 계셨다. 라이브 방송. 나에겐 정말 특별한 경험이었고 대단히 감사한 시간이었다.

최초로 내 인생에서 처음 출연하는 라디오 생방송 시간은 불과 10분 정도였지만 정말 떨리는 순간이었다. 그 10분은 세상에서 가장 긴 시간이었고 심장은 우황청심환의 약효도 발휘하지 못하고 터질 듯이 요동쳤다. 입술은 바짝바

짝 마르고 심장의 쫄깃함, 목소리와 몸 전체의 떨림이 느껴졌다. 질문에 답을 하면서도 내가 무슨 이야기를 하고 있는지 모르고 있는 것 같았다.

이렇게 첫 생방송을 끝내고 집에 돌아오는 길이 내내 불편했다. 잘한 걸까? 녹음도 아닌 생방송에서 제대로 된 답은 한 것일까? 어쨌든 마쳤다. 그리고는 그 한 번의 출연을 계기로 한 달에 한 번 '컬쳐파크' 코너에 출연해 달라는 제의를 받았고 반년 정도 출연을 했다.

하루는 차를 집에 두고 버스를 타고 출근길에 올랐는데 어디서 많이 듣던 목소리가 들렸다. 내가 출연하는 라디오의 MC 목소리였다. 그 라디오 방송을 버스 기사님이 틀어 놓고 계셨다. 버스 안에 탑승하고 있던 승객들은 기사님이 틀어 놓은 라디오 채널을 자연스럽게 듣게 된다는 것을 알게 되었다. 나의 부족하고 어설픈 방송을 누군가는 듣고 계셨겠구나 싶어 부끄러움이 얼굴을 화끈거리게 했다. 메이저 방송이 아니니 편하게 해 보라고 응원해 주셨는데, 편하게 할 수 없는 게 방송이었던 것이다. 몇 번의 경험으로 이런 말을 한다는 게 우습지만 언론인, 정치인, 교수 등의 상대에게 말로 전하는 직업을 가진 사람들은 말에 대한 책임이 따른다는 사실을 알고 정말 조심스럽게 생각하고 입 밖으로 뱉어야 한다는 것을 말하고 싶다. 언어에 감정까지 담기면 파급력이 어마어마하기 때문이다.

라디오를 듣던 중 나의 뇌리를 스치는 생각은 우선 학교를 졸업하는 게 맞는 것 같다는 것이었다. 라디오를 청취하는 청취자들에게 부족한 지식을 이야기하는 것보다 진행하던 공부를 마무리하고 조금 더 자신 있는 모습으로 찾아뵙는 게 맞다는 생각을 들게 한 것이다. 그래서 논문을 마무리하고 오겠다는 이유로 1년도 채우지 못하고 라디오에서 하차했다.

다른 누구는 그렇게 하면서 배우는 것이라며 꾸준히 해보라고 하셨다. 사실 그 말씀도 맞는 이야기다. 단지 나 스스로 만족하지를 못한 것뿐이다. 완벽할 수는 없다. 노력으로 증명하고 싶을 뿐이다.

버킷리스트 「세상에 내 이름 남기기」

버킷리스트에 적어 놓은 게 꽤 있다. 욕심이 많아서 그런지도 모르겠다. 거창한 것은 아니지만 하나씩 이루기 시작했다. 이룬 게 있으면 리스트도 줄어야 하는데 왜 하고픈 것은 늘어나기만 할까?

어느 날 문득 "동물은 죽어서 가죽을 남기고 사람은 죽어서 이름을 남긴다."는 문장이 떠올랐다. 내가 이름을 남길 수 있는 곳이 무엇일까 생각해 봤고, 그러다 혹시 나의 이름을 남기는 것도 가능할까 싶어 버킷리스트에 적었다.

스타일리스트를 하면서 이름을 남길 수 있는 곳이 어디 있을까. 찾다 보니 방송국이었다. 프로그램이 끝나면 맨 마지막에 프로그램에 참여한 사람들의 이름이 자막에 올라간다. 부모님도 뉴스를 뺀 나머지 교양이나 시사 프로그램에서 나의 이름이 자막에 올라가는 것을 보시고 처음에는 신기해하시고 뿌듯해하셨다.

버킷리스트의 꿈을 이룬 듯하여 리스트에 줄을 그어야겠다는 생각과 동시에 잠시 떠오른 또 다른 생각은 이랬다. 내가 프로그램에 기여했다고 생각하는 사람이 누가 있을까. 그리고 요즘 프로그램 자막까지 시청하는 사람이 누가 있을까.

만족스럽지 않았다. 결국 버킷리스트에 적어놨던 '세상에 내 이름 남기기'라는 짧은 문장이 나를 방송국으로 자석

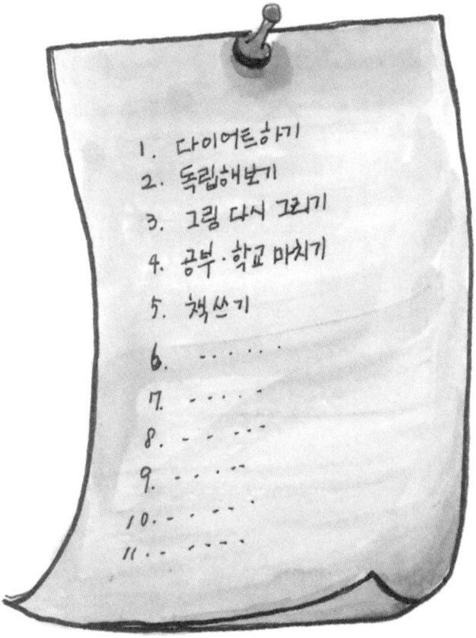

처럼 끌어들여 프로그램에 내 이름을 남기게 했고, 논문을 통해 국회도서관에라도 이름을 올려야겠다는 생각에 다시 공부를 할 수 있도록 만들었다. 논문을 쓰면 국회도서관에 내 이름이 적힌 논문이 비치될 것이고 누군가는 필요에 의해서 찾아볼 테고 내 이름을 한 번은 불러주겠지, 하는 생각이 석사라는 학위로 이어졌다. 지금은 박사까지 나를 이끌고 있다.

쉽게 가는 길을 나는 돌아서 갔는지도 모르겠다. 분명한 것은 목적과 목표가 있으니 자연스럽게 그 길로 나 스스로를 인도하고 있다는 생각이 들었다.

'생각하는 대로 이루어진다.'

생각에 그치지 않고 노력한다면 시간은 걸리겠지만 언젠가는 이루어진다는 것. 분명 내 경험에서 얻은 것이기 때문에 이 말은 정답이고 진리다.

나는 판타지를 좋아해도 너무 좋아한다. 일어나지 않을 것을 알지만 판타지를 보며 꿈을 키웠고 지금도 판타지를 보며 위로받고 즐거워하고 배우는 것도 있다.

《마법사 멀린》이라는 미드에서 멀린이란 캐릭터는 마법사이지만 그 사실을 숨기고 아서 왕을 도우며 시종으로 살아간다. 죽어가는 아서왕에게 본인은 마법사라는 사실을 고백하고 왜 숨겨야만 했는지에 대해 이야기하면서 "농부가 운명인 사람이 있고 의사와 위대한 왕이 운명인 사람도 있죠. 제 운명은 폐하를 모시는 겁니다."라고 말한다.

내 인생의 주인공은 내가 맞다. 하지만 커다란 무대를 바라봤을 때 주어진 역할에는 주연과 조연이 있다. 그 역할에 내가 주연이면 좋을 것 같지만 아니라고 해서 나쁠 것도 없다. 서글퍼 할 이유는 더더욱 없는 것이다. 조연이 있어야 주연이 빛나는 것이고 주연이 있어야 조연도 필요한 법이기 때문이다.

방송국에도 주연과 조연은 있다. 나와 같이 조명 없는 곳에서 묵묵히 조력자가 되어주는 사람들이 있어야 주연과 조연들이 빛을 발한다. 나와 같은 직업을 가진 사람들을 조연도 아닌 스텝이라고 해두자. 그들이 빛을 발하기 위해 서포트해 주며 보람을 느끼는 것도 나와 같은 직업을 가진 사람들이다.

이름 한 번 거론되지 않아도 스타일리스트란 직업을 천직으로 알고 열심히 살아가고 있는 현재의 나는 내 인생의 주인공이고 주연급 여배우다. 나중에 나의 역할이 바뀔지도 모르겠지만 바뀌는 그 날까지는 내 역할에 충실할 것이다.

내일은
컬러풀

펴 낸 날 2021년 12월 20일 초판 1쇄

지 은 이 나림비
펴 낸 이 박지민
책임편집 최선경
책임미술 롬디
그 림 나림비
마 케 팅 박종천, 박지환

펴 낸 곳 모모북스
서울특별시 동대문구 왕산로81, 203-1호(두산베어스 타워)
전화 010-5297-8303 팩스 02-6013-8303
등록번호 2019년 03월 21일 제2019-000010호
e-mail pj1419@naver.com

ISBN 979-11-90408-20-2 03810